西湖

民间故事

典藏版

浙江文艺出版社
Zhejiang Literature & Art Publishing House

杭州市文化局 · 编　　叶露盈　武引筱　陈世康 · 绘

图书在版编目(CIP)数据

　　西湖民间故事 : 典藏版 / 杭州市文化局编 ; 叶露
盈, 武引筱, 陈世康绘 . —杭州 : 浙江文艺出版社,
2023.8
　　ISBN 978 – 7 – 5339 – 6892 – 2

　　Ⅰ . ①西… 　Ⅱ . ①杭… ②叶… ③武… ④陈… 　Ⅲ .
①民间故事 – 作品集 – 杭州 　Ⅳ . ①I277.3

　　中国版本图书馆 CIP 数据核字 (2022) 第 101767 号

图书策划	柳明晔		封面设计	✕ TT Studio 谈天
责任编辑	张　雯　张　可		版式设计	四喜丸子
责任印制	张丽敏		营销编辑	宋佳音
数字编辑	姜梦冉　诸婧琦			

西湖民间故事(典藏版)

杭州市文化局 编　　叶露盈 武引筱 陈世康 绘

出版发行	浙江文艺出版社
地　　址	杭州市体育场路 347 号
邮　　编	310006
电　　话	0571–85176953(总编办)
	0571–85152727(市场部)
制　　版	浙江新华图文制作有限公司
印　　刷	浙江海虹彩色印务有限公司
开　　本	787 毫米×1092 毫米　1/16
字　　数	85 千字
印　　张	10
插　　页	5
版　　次	2023 年 8 月第 1 版
印　　次	2023 年 8 月第 1 次印刷
书　　号	ISBN　978-7-5339-6892-2
定　　价	88.00 元

献给所有对世界充满好奇心的人

黄龙洞

岳王庙

岳王庙精忠柏

飞来峰

岳湖

苏堤春晓

灵隐寺

西里湖

康熙题匾

济颠匿池

小南湖

龙井

虎跑

龙井茶祖宗

九溪十八涧

钱江潮

钱塘江

西湖民间故事导览图

北里湖

断桥残雪　白娘子

白公堤

画扇判案

东坡肉

涌金门　金牛出水

古涌金門

三潭映月

西湖　西湖明珠

和尚戏乾隆

火烧净慈寺

河坊街　张小泉打乌蛇

净慈寺

八卦田

P97 钱江潮
P101 八卦田
P106 东坡肉
P110 龙井茶祖宗
P115 画扇判案
雲林禪寺
P121 康熙题匾
P126 济颠匿池
P134 和尚戏乾隆
P140 蚕花娘子
P146 张小泉打乌蛇

目录

西湖明珠

很古很古的时候，在天河东边的石窟里，住着一条雪白闪亮的玉龙；在天河西边的大树林里，住着一只色彩绚烂的金凤。

玉龙和金凤是邻居，每天早晨，他们一个钻出石窟，一个飞出树林，总要打个照面才分开来，然后忙各自的事儿去了。

有一天，他俩一个在天空中飞，一个在天河里游，飞呀，游呀，不知不觉就来到一座仙岛上。在岛上，他们发现一块亮闪闪的石头，金凤很喜欢，就对玉龙说："玉龙玉龙，你看这块石头多好看呀！"玉龙也很喜欢，就对金凤说："金凤金凤，我们来把它琢磨成一颗珠子吧！"

金凤点头答应，他俩就动工了。玉龙用爪子扒，金凤用嘴啄，一天一天，一年一年过去了，他俩真的把这块亮闪闪的石头琢磨成了一颗滚圆滚圆的珠子。金凤高兴地飞到仙山上含来许多露珠儿，滴到珠子上；玉龙快活地游到天河里吸来许多清水，喷到珠子上。滴呀，喷呀，滴呀，喷呀……慢慢地这颗珠子就变得明光闪亮的啦。

从此以后，玉龙喜欢金凤，金凤也喜欢玉龙；玉龙和金凤都喜欢他们的明珠。玉龙不愿回到天河东边的那个石窟里去了，金凤也不愿回到天河西边的那片树林去了，他俩就住在天河当中的仙岛上，日夜守护着自己的明珠。

这颗明珠真是一颗宝珠呵，珠光照到哪里，哪里就树木常青，百花齐开，山明水秀，五谷丰登。

这天，王母娘娘走出宫门，一下见到这颗宝光闪耀的明珠，心里爱慕极啦。到半夜辰光，她就派一个天兵，乘玉龙和金凤睡熟的时候，悄悄地把这颗明珠偷走了。

王母娘娘得到明珠，喜欢得不得了，连看也舍不得给人家看一看，就赶忙藏到仙宫里头，一道一道地关起九重门，锁上九道锁。

玉龙和金凤一觉醒来，发觉明珠不见啦，多么着急呀！东寻寻，西找找，玉龙找遍了天河底下的每一个石窟，没有找到；金凤寻遍了仙山上的每一个角落，也没有寻着。他俩伤心极了，可还是日日夜夜地到处寻找，一心想把心爱的明珠找回来。

王母娘娘生日的那一天，四面八方的神仙都赶到仙宫来祝寿。王母娘娘摆下盛大的"蟠桃会"来宴请众神仙。神仙们喝着

美酒，吃着蟠桃，齐声祝贺王母娘娘："福如东海，寿比南山。"

王母娘娘见了，一时高兴，就对众神仙说："各位仙长，我请大家看一颗珍贵的明珠，这真是天上难找、地下难寻的宝珠啊！"

说着，她就从衣带上解下九把钥匙，打开九道锁，走进九重门，到仙宫里面取出了那颗明珠，放在金盘里，捧到厅堂中间。这颗明珠儿果真亮晶晶，光闪闪的，神仙们看了，都满口啧啧叫好。

这时，玉龙和金凤正在到处寻找他们的明珠呢。金凤突然发现了明珠放出的毫光，就忙着叫玉龙道：

"玉龙玉龙，快来看，快来看，那不是我们的明珠放出来的毫光吗？"

玉龙从天河里钻出头来，看了一看，说道：

"是呀，这一定是我们的那颗明珠了，快，快去把它找回来！"

玉龙和金凤立刻依着明珠的亮光找去，一直找到王母娘娘的仙宫里，那些神仙正在伸头探脑围着明珠叫好呢。玉龙走上前去说道："这颗明珠是我们的！"金凤跟着也说："这颗明珠是我们的！"

王母娘娘一听火啦，冲着玉龙、金凤张口就骂："胡说！我是玉皇大帝的亲娘，天上的宝贝都该是我的！"

玉龙、金凤一听来了气，一齐向王母娘娘说："这颗明珠不是天上生的，也不是地下长的，是我俩辛辛苦苦，一天一天，一年一年琢磨出来的！"

王母娘娘听了，又羞又恼，伸手护住放着明珠的金盘，大声喝叫天兵天将快把玉龙和金凤赶出去。

金凤见王母娘娘不讲理，扑过去就抢明珠；玉龙见王母娘娘不讲理，也冲过去抢明珠。

三双手都抓住金盘，谁也不肯放松。你拉我扯，金盘一摇晃，明珠就"咕噜噜"滚下来，滚到阶沿边，从天上跌落到地下去了。

玉龙和金凤见明珠往下掉，怕摔破了，急忙翻身跟下来保护。玉龙飞着，金凤舞着，他俩一忽儿在前，一忽儿在后，一忽儿在左，一忽儿在右，保护着这颗明珠，慢慢地慢慢地从天空降落到地面上。

这颗明珠一落地，立刻变成了晶莹碧透的西湖。

玉龙舍不得离开自己的明珠，就变化成为一座雄伟的玉龙山来守护它；金凤舍不得离开自己的明珠，就变化成为一座青翠的凤凰山来守护它。

　　从此，凤凰山和玉龙山就静静地伏在西湖的旁边。直到现在，杭州还流传着这样两句古老的歌谣：

　　　　　　西湖明珠从天降，
　　　　　　龙飞凤舞到钱塘。

金牛出水

从前，西湖是叫金牛湖的。

那时候，湖里是一片白茫茫的大水，沿着湖岸是黑油油的肥沃田地。周围的老百姓都在地里种着庄稼，用湖水来灌溉。稻穗儿长得沉，谷粒儿长得圆，像一串一串的珍珠，真叫人喜欢。农闲了，大家就到湖上打鱼捞虾。人们和睦相亲，过着安乐的日子。

在这湖底，住着一头金牛。只要天晴久了，湖水慢慢浅下去，湖里的金牛就会出现：老远老远地就能看见它那金晃晃的背脊、昂起的牛头和翘起的双角，它嘴里吐出一口口清水，这样，湖水立刻又涨得满满的了。

有一年夏天，算起来已经九九八十一天没有下雨啦，直旱得快要湖底朝天，四周的田地都硬得像石头，缝裂得有几寸宽，嫩绿的秧苗都枯黄了。老百姓干渴得眼睛凹进去，浑身没劲。他们天天盼望有金牛出现。

这天早晨，大家正在湖边盼望，突然传来"哞"的一声，哈，果然看见金牛从湖底破水而出。它摇摇头，摆摆尾，大口吐水，霎时间湖水又涨满起来。

老百姓见了，个个喜得拍手叫好，流出了泪水，感激金牛。又见那头金牛抬起头，闪着亮晶晶的眼睛，"哞"的一声，慢慢地，又没入湖中去了。

这样的情景，很快就传开了。钱塘县官听到后，捧着肚子笑呵呵地说：

"这真是件活宝贝呵，要是把它拿来献给皇帝，一定能升官发财！"当下就吩咐手下人，赶紧去把金牛捉来。

那些衙役、地保一个个都急匆匆地跑到湖边，抬头望望，眼前却是一片白茫茫的湖水，哪儿还有金牛呵？问问附近百姓，大家见是衙门里的人，不是说没见着，就是悄悄地避开啦。

衙役们只得回报了县官。县官心里生气，拈着八字胡须，想啊想的，想出了一个绝办法。他对手下的人说：

"既然金牛不见了，沉入湖底，那你们就把老百姓都叫去，把湖水车干。谁不去，就斩谁！"

住在湖边的老百姓，男的、女的、老的、少的，都被赶到湖边。他们在县官的威逼下，只得架起水车车湖水。

　　车啊车的，一连车了九九八十一天，累得大家精疲力竭，到了最后那一天，终于把湖水车干了。果然，金牛卧在湖底，它那身上的金光照得天明地亮。

　　县官走云看看，也被金光照得连眼睛都张不开，但他还吆喝着衙役们赶快下湖去抢金牛。说也奇怪，那金牛好像生了根似的，掀也掀不起，抬也抬不动。老百姓都打从心眼里高兴。

　　县官一看搬不动，就对百姓说：

　　"谁能抬起金牛，赏白银三百两！"

　　可是，老百姓都站着不动，气呼呼地不睬他。

　　县官见老百姓不理，就大声怒吼道：

"今天若不把金牛抬起，就将你们统统杀头！"

这县官的话刚说完，只听那头金牛大叫了一声，真像晴天炸了个霹雳。但见飞沙走石，地动山摇，那县官吓得面如土色，双腿发软，一心想逃走，可是一步也挪不动。

这时，那金牛转着圆溜溜的眼睛，站了起来，又仰天长叫了一声，从口中吐出一股白花花的大水，直冲县官、衙役，一下把他们全都卷入巨浪中去啦。

立刻，湖水又满了起来。

从此以后，湖中的金牛不再出现了，湖水再也没有干涸（hé）过。人们忘不了金牛，就在湖旁边的城墙上筑起了一座高高的城楼，天天爬上城楼去眺望金牛。

这座城楼，就是后来的"涌金门"。

三潭印月

　　有一年，山东的巧匠鲁班，带着他的小妹到杭州来。他们在钱塘门边租了两间铺面，挂出写有"山东鲁氏，铁木石作"的乌光闪亮的黑漆招牌。招牌刚挂出，上门来拜师学手艺的，进进出出，把门槛（kǎn）都快踏平啦。鲁班没法想，只好挑挑拣拣，选了一百八十个心灵手巧的年轻后生，收留下来做徒弟。

　　鲁班兄妹的手艺精巧极了，真是鬼斧神工：凿成的石狗会管门，雕出的木猫会抲（qiā）老鼠。一百八十个徒弟经他俩一指点，个个都成了能工巧匠。

　　一天，鲁班兄妹正在细心地给徒弟们教生活，忽然一阵黑风刮过，顿时天上乌云乱翻，原来有一个黑鱼精到人间来作祟啦。

　　黑鱼精一头钻到西湖中央，钻出一个三百六十丈的深潭潭。它在深潭潭里吹吹气，杭州满城就有鱼腥臭；它在深潭潭里喷喷

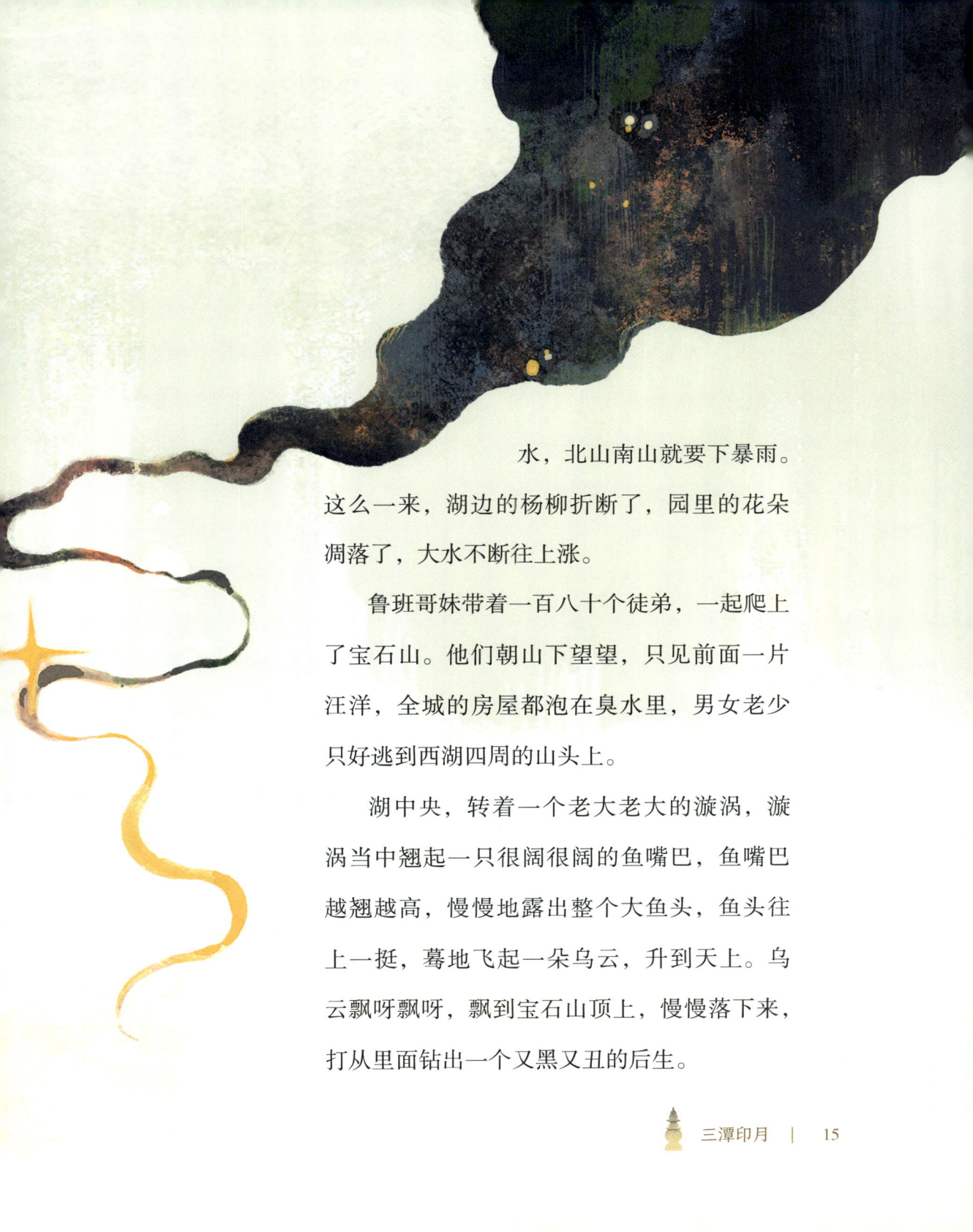

水，北山南山就要下暴雨。

这么一来，湖边的杨柳折断了，园里的花朵凋落了，大水不断往上涨。

鲁班哥妹带着一百八十个徒弟，一起爬上了宝石山。他们朝山下望望，只见前面一片汪洋，全城的房屋都泡在臭水里，男女老少只好逃到西湖四周的山头上。

湖中央，转着一个老大老大的漩涡，漩涡当中翘起一只很阔很阔的鱼嘴巴，鱼嘴巴越翘越高，慢慢地露出整个大鱼头，鱼头往上一挺，蓦地飞起一朵乌云，升到天上。乌云飘呀飘呀，飘到宝石山顶上，慢慢落下来，打从里面钻出一个又黑又丑的后生。

这个黑后生滚动圆鼓鼓的斗鸡眼珠，朝着鲁妹瞟瞟，说道："哈！好个漂亮的大姑娘，你做的啥行当？"

鲁妹说："你问做啥行当干吗？姑娘是个巧工匠。"

黑后生把鲁妹从头看到脚，点点头道："对了，对了！我看你这么亮亮的眼睛、弯弯的眉儿，想必能把绫罗绸缎裁剪得很好呢。走，跟我做新衣去。"

鲁妹摇摇头。

黑后生把鲁妹从脚看到头，又点点头说："对了，对了！我看你这么苗条的身材、纤巧的小手，想必有一手描龙绣凤好针线。走，跟我绣锦被去。"

鲁妹摇摇头。

黑后生猜来猜去猜不着，又想了一想，眯起眼睛说："漂亮的大姑娘呵，你不会裁剪不要紧，你不会刺绣也不要紧，只要你嫁到我家去，山珍海味吃不完，乐得去享享清福吧。"说着，伸过手来拉鲁妹。

鲁班一榔头隔开他的手，喝了一声："滚开点！"

黑后生不当一回事，仍旧咧开大嘴，嬉皮笑脸说道："我的皮有三尺厚，不怕你的榔头！你把大姑娘嫁给我，什么事情都好讲；如果大姑娘不嫁我，我就涨大水来漫这座山冈！"

　　鲁妹心里想：倘若再涨水，全城人的性命都保不住了。她眼珠儿转两转，办法有了，就对黑后生说："我嫁你，这事不能急，让阿哥先替我办样嫁妆。"

　　黑后生一听心头乐开了花，笑道："好姑娘，我全答应你。你打算办样什么嫁妆呢？"

　　鲁妹说："那便当。在那高高山上有块大岩石，我要阿哥把它凿成一只大香炉给我就行啦。"

　　黑后生听了，乐得直拍大腿，连忙说道："好好好！天上黑鱼王，落凡立庙堂。有个你陪嫁的石香炉，正好拿它来收供养！"

　　鲁妹拉过阿哥商量了一阵。鲁班对黑后生说："东边是水，西

边也是水，怎么办呢？你先把大水落下去，我才好动手。"

黑后生听了，想想也是，就张开阔嘴巴一吸，满城的大水都飞起来，倒灌进他的肚皮里去啦。

鲁班指指山上的一块悬崖问黑后生道："你看，把这半座山劈下来凿只石香炉怎么样？"

黑后生赶忙说："好哩，好哩。你快凿，凿得越大越风光！"

鲁班叹口气道："唉，这香炉高呢，这香炉大呢，这重重的石香炉怎么搬得动呵。"

黑后生连连说："喏喏喏，不怕不怕，只要我摇摇头，身后就会刮黑风，小小的石香炉算得了什么，就是一座山，我也能够吸得起！"

在四周山上避水逃难的人都回家去了。鲁班领着徒弟们爬到那座倒挂着的悬崖上面。鲁班抡起大榔头，在悬崖上砸一锤，他一百八十个徒弟，也都跟着砸，砸了一百八十锤。

没多久，忽听"轰隆隆"一声响，悬崖翻了下来。从此以后，西湖边的宝石山上便留下了一堵刀切一样的峭壁。

那悬崖真大呀，这边望望白洋洋的，那边望望洋洋白的，怎么把它凿成滚圆滚圆的石香炉呢？

鲁班朝湖心的深潭潭瞄瞄，估好大小，就捏根长绳子，站在悬崖当中，叫妹妹拉紧绳子的另一头，"啪嗒啪嗒"绕着跑，跑了一周，鲁妹的脚印子便在悬崖上画了一个圆圈圈。

鲁班先凿个大样，一百八十个徒弟都依着样子凿。凿了一天又一天，一共凿了七七四十九天，悬崖不见啦，变成一只顶大顶大的石香炉。圆鼓鼓的香炉底下，有三只倒竖着的葫芦形的尖脚；尖脚上，都凿有三面透光的圆洞洞。

大石香炉凿成了，鲁班对黑后生说："你看，你看，我妹妹的嫁妆已经办好啦，现在就请你搬下湖去吧！"

黑后生要领新娘子走。鲁班说："别忙，别忙，你先把嫁妆搬回去摆起来，再打发花轿来抬。"

黑后生高兴死啦，一个转身就往山下跑，他摇着头，卷起来的旋风，竟把那么大的一个石香炉"咕噜噜"吸在后面直滚。黑后生跑呀跑呀，跑到湖中央，又变成了一条黑鱼，钻进深潭潭；石香炉滚呀滚呀，滚到湖中央，在深潭潭旁边的斜面一滑，"啪嗒"一下子倒覆过去，把深潭潭罩得严严实实，不留一丝缝隙。

黑鱼精被罩在石香炉下面，闷得透不过气来；往上顶顶，石香炉动也不动；想刮一阵风，又转不开身子，没办法，只好死命

往下钻。

它越往下钻，石香炉就越往下陷……

黑鱼精终于闷死在湖底了，石香炉也陷在湖底的烂泥里，只在湖面上露出三只葫芦形的脚。

从此，西湖上就留下一个奇妙的景致：每年中秋节夜里，人们划船划到湖中央去，在炉脚上那三面透光的圆洞洞里点起烛火，烛光映在湖里，就现出好几个月影。后来这地方便叫作"三潭印月"。

白娘子

吕洞宾卖汤团

这一天，正是阳春三月三，西湖边柳枝儿嫩绿嫩绿，桃花儿艳红艳红，四处来耍子儿（游玩）的人很多。上八洞神仙吕洞宾，也变成个白头发白胡须的老头儿，挑副担子，到西湖边来卖汤团，凑热闹。

吕洞宾把担子歇在断桥旁边的一株大柳树底下。他看镬（huò）里的汤团一浮起，就拉开嗓门叫起来："吃汤团啰，吃汤团啰！大汤团一个铜钿（tián）买三只，小汤团三个铜钿买一只！"

人们听了吕洞宾的叫卖声都笑开了。有的人说："老头儿呀，你喊错啦！把大汤团和小汤团的价钿调一调，才对头！"可吕洞宾听也不听，还是照样喊："吃汤团啰！大汤团一个铜钿买三只，小汤团三个铜钿买一只！"

人们都笑着朝他的汤团担子围拢来，你掏一个铜钿，我掏一个铜钿，都买他的大汤团吃。一歇歇辰光，镬里的大汤团就捞光了。

这时，有个五十来岁的人，怀里抱个小伢儿，也挤进人堆里来。

小伢儿看见别人吃汤团，就吵着要吃，但是大汤团卖光啦，那人只好摸出三个铜钿，向吕洞宾买只小汤团。

吕洞宾接过钱，先舀了一碗滚水，再舀一只小汤团到碗里。那人端着碗蹲下身来，用嘴朝碗里吹着气，那小汤团就绕着碗沿，"滴溜溜"滚转起来。

小伢儿一见真高兴，舀起汤团正想吃，那个小汤团就像活了似的，一下钻进他的小嘴巴，滑到肚皮里去啦。

谁知道这小伢儿自从吃了汤团以后，三日三夜都不要吃东西。阿爸着急得要命，就抱他到断桥旁边大柳树下来寻那个卖汤团的。

吕洞宾听那人如此这般一讲，哈哈一笑，说："我的小汤团不是寻常之物，看来，你儿子是没福气消受的！"说着就把小伢儿抱上断桥，猛不防抓住他的双脚倒拎起来，大喝一声："出来！"三天前吞进去的小汤团，竟原个儿从他小嘴巴里吐了出来。只见那只小汤团儿落在断桥上，"咕噜噜"一直滚下西湖去了。

这时候，有一条白蛇和一只乌龟，在断桥底下修炼。小汤团从桥上落下来，白蛇头颈长，先接在嘴里，"咕嘟"吞进肚子里。乌龟没吃着汤团，就赖白蛇抢它的，跟白蛇吵架，吵着吵着，竟打起来啦。

白蛇和乌龟一样修炼了五百年，半斤对八两，本领原是差不多的。但白蛇吞下这只小汤团后，乌龟就不能跟它比了。原来这只小汤团是颗仙丸，白蛇吞了它，就添了五百年功力。乌龟打不过白蛇，吃了败仗，一溜烟往西方逃走啦。

蟠桃会

一天大清早，断桥下的湖面上冒起一股袅袅白烟，湖底钻出一个穿着白闪闪轻纱衣衫的姑娘儿，她走上岸来。那姑娘真好看呀，就像一朵刚出水的白莲花！

原来白蛇有了千年修炼功夫，能变化成人啦。她给自己取了个名字，叫作"白娘子"。

这一天，天上王母娘娘过生日，众神仙都赶去赴蟠桃会。赴会的神仙真多呀，把那很大很大的一座凌霄宝殿坐得满满的。这

天，白娘子也上天去祝寿。她是头一回来到这里，人生地不熟的，便自个儿悄悄地坐在最后边的一个位子上。

过一会儿，仙女们捧上许许多多红艳艳的蟠桃来，大家开始喝寿酒，吃寿桃，王母娘娘也出来招呼客人。她望望白娘子，左看看不认识，右看看不认识，就问老神仙南极仙翁说："老仙翁，那个漂亮的姑娘儿是谁呀？"

南极仙翁捋捋白花花的胡须，笑呵呵地望着吕洞宾说道："这事情还该你来讲讲啦！"

吕洞宾弄得好糊涂，他想来想去，总想不出个所以然来。南极仙翁见吕洞宾愣着呢，于是大笑一阵，便把他在西湖边卖汤团的经过一件一件讲了出来，说得吕洞宾和众神仙都哈哈大笑。

南极仙翁这番话，倒勾起了白娘子多年来的心事。她想，我在湖底修炼了五百年，从来都是冷清清的！眼看着西湖上面这样

美好的人间世界，真爱慕呵。却因自己是条蛇，没有法子和人们一道生活；如今吞了仙丸，能变化成人啦，就该到人间去走一遭呀！她还想起了那个吐汤团的小伢儿，也想带便去见见他。

等到蟠桃会散了，白娘子走到南天门，看见前面的南极仙翁，便追上去拉住他的大袖子问道："老仙翁，老仙翁，告诉我，那个吐汤团的小伢儿在哪儿？我想去见见他。"

南极仙翁听了，禁不住哈哈大笑起来，说："十八年之后的清明节，你到西湖边去找，见到一个最高又最矮的人，那就是他。"

南极仙翁讲完话，就笑呵呵地踏着云朵走啦。

最高又最矮的人

白娘子离开南天门，降落到人间。她住在西湖里，天天扳起指头算日脚，一天两天，一年两年，十八年终于过去了。

清明节那天，白娘子很早起来，梳个头，换身衣，顺着苏堤走去。

走到映波桥边，看见有个老叫花子，手里拎着一条小青蛇。

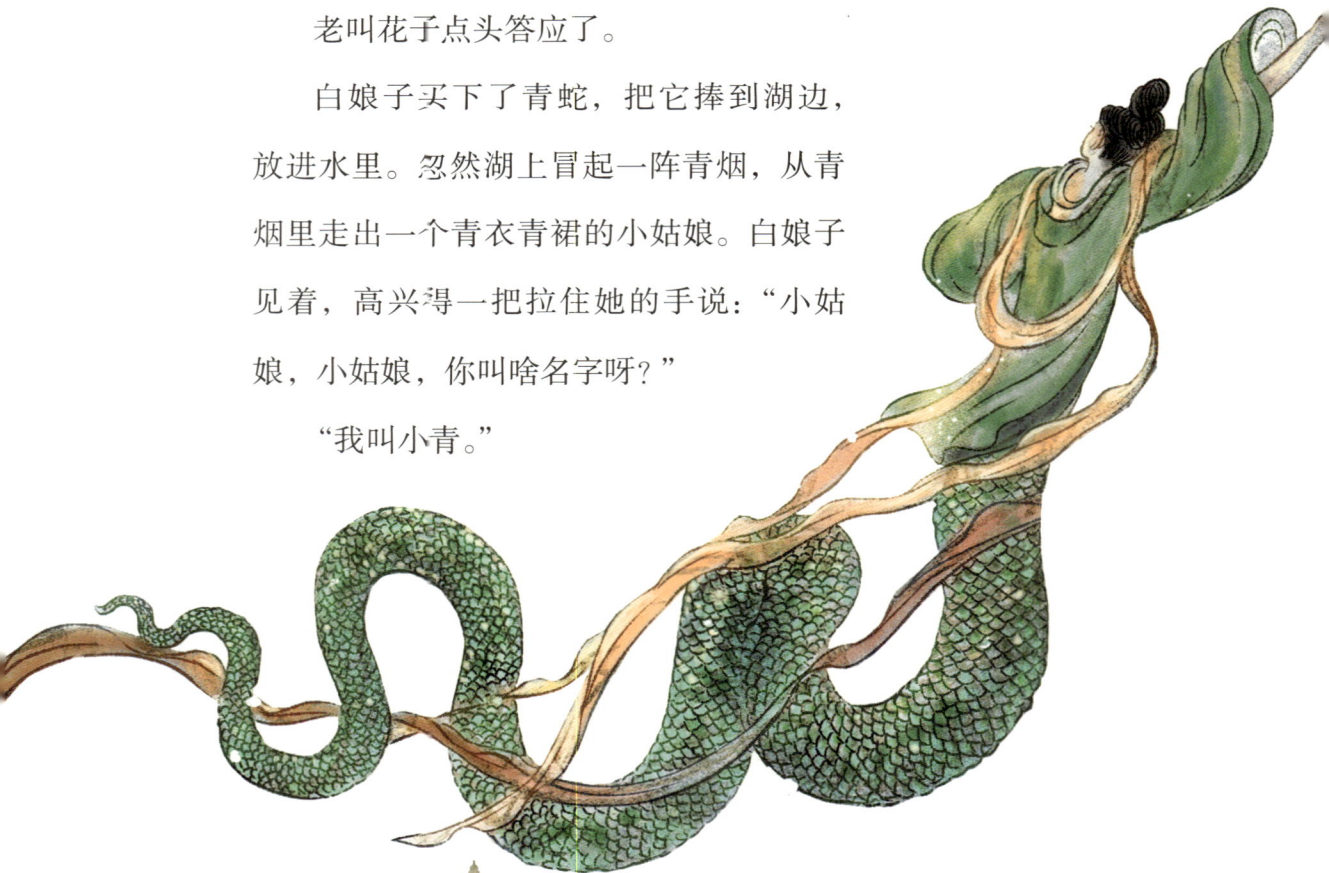

那小青蛇见了白娘子，摆头甩尾的，眼睛里还滚下泪珠来。白娘子觉得它怪可怜的，就问老叫花子："老爷爷，老爷爷，你抓这蛇做啥用的呀？"

老叫花子说："挖蛇胆卖钱哩！"

白娘子听了，又看看小青蛇，心里很难过，就说："老爷爷，我给你点银子，把它卖给我吧！"

老叫花子点头答应了。

白娘子买下了青蛇，把它捧到湖边，放进水里。忽然湖上冒起一阵青烟，从青烟里走出一个青衣青裙的小姑娘。白娘子见着，高兴得一把拉住她的手说："小姑娘，小姑娘，你叫啥名字呀？"

"我叫小青。"

"小青，小青，你给我做个伴吧。"

于是小青认了白娘子做姐姐，跟她一块儿走。走呀，走呀，两个人从里西湖走到外西湖，又从外西湖绕到里西湖。白娘子走几步，停一停，东张张，西望望。小青不知道为啥，就问："姐姐，姐姐，你东张西望寻些什么呀？"

白娘子笑笑，把南极仙翁说的谜语讲给小青听，要小青也帮她猜猜。

这天是个大晴天。上山祭坟的，到湖边踏青的，东一群，西一群，到处都是人。靠近断桥这一带地方，游人比别处更多。

白娘子和小青在人群中穿来穿去，寻找那最高又最矮的人。但是，高个儿的都不矮，矮个儿的又都不高。咳，这个人真难找哩！

晌午，白娘子和小青又寻到断桥边来。

这辰光，断桥边的大柳树底下，有个马戏班正在做把戏，一大群人围着看。

小青这边张张，那边望望，猛地叫起来："姐姐，姐姐，我寻着那个最高又最矮的人啦！"

白娘子听了心中一喜，忙问道："在哪儿呀？在哪儿呀？"

"喏，你看！"小青朝那大柳树上一指，原来树丫上坐着一个年纪轻轻的小后生。

白娘子朝那小后生看看，说道："他个儿不高呀！"

小青说道："他高高地坐在树上，人家来来往往都从他胯下走过，这不是最高的人吗？"

白娘子说："他个儿不矮呀！"

小青笑道："他人影落在地下，人家来来往往都从他的头顶上踏过，这不是最矮的人吗？哈，准是他！"

"对呀，对呀，一定是他！"白娘子心里十分高兴，"老仙翁呀老仙翁，你出的谜真不好猜！最高又最矮的人，却原来是个不高不矮的小后生啊！"

白娘子仔细看看那个小后生，生得眉目清秀，相貌厚道，不觉又惊又喜。只是小后生蹲在大柳树上，不知名，不知姓，怎样叫他下来呢？小青想了个巧法子，叫白娘子暗地作起法来。没一会儿，天布乌云，雷声隆隆，落大雨啦！

马戏班收了场，围着看把戏的人也散了。小后生从大柳树上爬下来，跑到西湖边，喊了一只小船，叫船老大划到清波门去。

小船刚刚荡开，船老大还没架上桨呢，白娘子便在岸上喊起来："划船的公公呀，给我们搭个便船吧！"

小后生从船舱里探出头来望望，见两个姑娘儿站在岸边，被雨淋得像落汤鸡似的，也忙着叫唤船老大快把船儿靠岸，让她们上船。

她俩一落船，就向小后生道谢。小青问小后生叫什么名字。小后生说："我姓许，因为小时候在断桥旁边遇见过神仙，所以阿爸就给我取个名字叫许仙。"

白娘子和小青对看一眼，两人点点头笑了。白娘子又问许仙住在哪里。许仙说："自从阿爸亡故之后，我单身一人，寄住在

清波门姐姐家里。"

小青听了，拍着巴掌笑道："这可巧了！我姐姐和你一样，也是个无依无靠，到处飘零的人哩！这样说来，你们两人倒是天生的一对啊！"

说得许仙红了脸，白娘子低下了头，没多久，大家就熟悉啦。几个人谈谈笑笑，热乎起来，正谈在兴头上，忽然听到船老大在船艄唱起山歌来：

月老祠堂在眼前，
千里姻缘一线牵。
风雨湖上同舟渡，
天涯寻来共枕眠！

过端午

白娘子和许仙在西湖小船上认识以后，你喜欢我，我喜欢你，过不了几天，两个人便央人做媒，结了亲。

许仙讨了老婆，就不便再在姐姐家里耽搁，该自己立个门户过日脚了。小夫妻商量商量，带着小青搬到镇江，开了一爿（pán）名叫"保和堂"的药店。

药店开起来，白娘子处方，许仙撮（cuō）药，他们配了许多丸散膏丹，店门口挂起牌子："贫病施药，不取分文"。消息你传我传，"保和堂"很快就出了名。每天重病来求诊的，小病来讨药的，病好来道谢的，从早到晚，人来人往，差点儿把门槛都踏平啦。

端午节那一天，家家户户门前都插起菖蒲艾叶，地上洒了雄黄药酒；金山下边的长江上，还要赛龙船哩！一时间路上人山人海，热闹非常。

清早，白娘子就把小青叫到面前，对她说："小青，小青，今朝是端午呀，你记得吗？"

小青说："姐姐，我记得。"

白娘子叹道："这午时三刻最难挨，你快到山上去避避吧！"

小青问道："你呢？"

白娘子说："我有千年修炼功夫，不比你！"

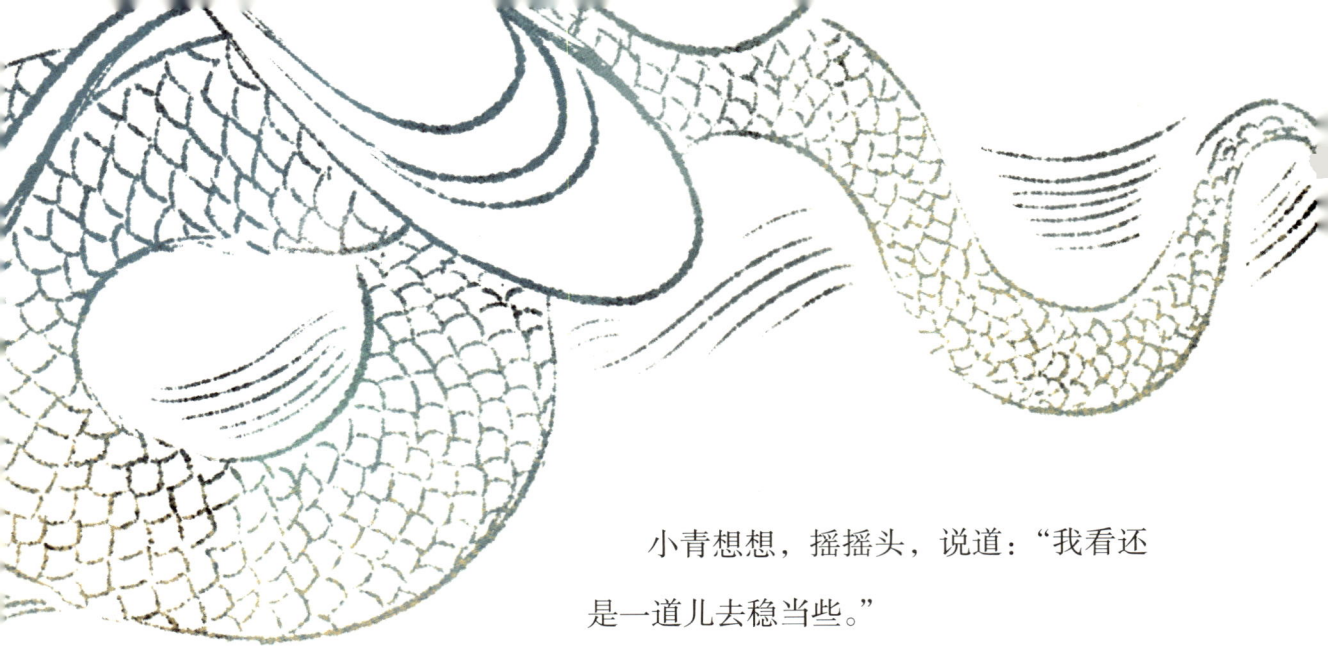

小青想想，摇摇头，说道："我看还是一道儿去稳当些。"

　　白娘子愣一下，说道："我们两个都走了，官人要着急的呀！"

　　小青想想也对，说了声："姐姐小心在意。"就往窗外一跳，化阵青烟遁到深山中去啦。

　　小青刚刚走，许仙就上了楼。他一面走，一面叫道："小青呀，快收拾收拾，我们都到江边看赛龙船去！"

　　白娘子听到许仙唤小青，转过脸向楼梯头说道："我叫小青买花线去了！你自己去看吧，不要忘记带几只粽子当点心。"

　　许仙上了楼，挨近白娘子说："我们搬到镇江来，今天是头一回看赛龙船，你就和我一道去耍子儿吧！"

　　白娘子说："我身上勿适意，还是你自己去吧，看过了早点回来！"

许仙听白娘子说身上勿适意，连忙端来一只小方枕，搁在桌上，挪过白娘子的手来搭脉。搭了右手，又搭了左手，许仙叫起来："没有病，没有病！你哄我。"

白娘子笑了笑，说道："我也没说生病呀，我是怀了身孕呢！"

许仙一听到自己快要做阿爸了，高兴得一蹦三尺高，连赛龙船也不想去看了，在家里陪白娘子过端午节。

吃午饭时候，许仙见小青还没有回来，就自己到厨房里去，热了一串粽子，烫了一壶老酒，酒里和了些雄黄，端到楼上来。他斟上两盏雄黄酒，递一盏给白娘子。白娘子接过酒盏，雄黄气味，直冲脑门，感到有说不出的难受，便说："我不喝酒，

吃两只粽子陪陪你好啦。"

许仙缠着说："今天是端午节呀，不论会喝不会喝，都应该喝上一口。"

白娘子说："酒里有雄黄，我怀着身孕怕吃不得呢！"

许仙听了，哈哈大笑起来说："我祖宗三代都是做药店倌的，你当我外行了！这雄黄酒能驱恶避邪，定胎安神，你还该多吃两盏才合适哩！"

白娘子怕许仙起疑心，又仗着自己有千年修炼功夫，就大着胆子，硬着头皮，喝了一口雄黄酒。哪晓得酒刚落肚，便马上发作起来，只觉头疼脑涨，浑身瘫软，坐也坐不牢了，只好爬到床上。许仙弄不清是怎么一回事，便赶到床前，撩起帐子一看，呀！白娘子已经无影无踪，只见床上盘着一条碗口粗的大蛇，吓得他"啊呀"大叫一声，向后一仰，一下跌倒在地上。

盗仙草

小青躲在深山里，心里总是惦念着白娘子。看看日头偏过天中央，午时三刻过去了，就化阵青烟回了家。她走上楼一看，啊呀！许仙死在床前，白娘子还在床上困着没醒哩！

小青急忙推醒白娘子："姐姐，姐姐，快起来看看呀，这是怎么搞的啦？"

白娘子下床见许仙死了，就大哭起来，说道："都怪我不小心现了原形，把官人吓死啦！"

小青见了也搓手叹气，说道："姐姐，你不要只管哭嘛，快想个法子救活他呀！"

白娘子摸摸许仙心口，还有一丝儿热气，想了想说道："凡间的药草是救不活他的了，你守护一下，我到昆仑山盗仙草去！"

说着，白娘子双脚一跺，便驾起一朵白云，飘出窗户，向昆仑山飞去了。

飞呀，飞呀，只一刻工夫，就飞到昆仑山顶上。昆仑山是座仙山，满山都是仙树仙花。山顶上，有几棵紫郁郁的小草，就是能起死回生的灵芝仙草。

白娘子弯下腰，悄悄地采了一株仙草衔在嘴里，正想驾起白云飞走，忽听空中"咯溜溜"一声叫，那只看守灵芝仙草的白鹤从天边飞了下来。它见白娘子盗了仙草，哪里肯饶放过，便展开大翅膀，伸出长喙（huì），朝白娘子扑过来。

好险哪，就在白鹤的长喙刚要啄着白娘子的时候，忽然从后面伸来一根弯头拐杖，把白鹤的长项颈钩住啦。白娘子转过身来一看，见眼前站着一个胡须白花花的老人，原来是南极仙翁。

她就哭着向南极仙翁央求道："老仙翁，老仙翁，给我一株灵芝仙草，救救我的官人吧！"

南极仙翁放开白鹤，捋捋白花花的胡须，点点头答应了。

白娘子谢过南极仙翁，衔着灵芝仙草，急忙驾起白云，飞回家来。她把灵芝仙草熬成药汁，灌进许仙嘴里。过了一会儿，许仙就活转来啦。

许仙朝白娘子看看又看看，看看又看看，心里好害怕，一转身跑下楼去，躲进账房间里，再也不出来了。

一天，两天，三天，整整三日三夜，许仙不敢踏上楼梯一步。到第三天夜里，白娘子和小青到账房间里来，问他："官人呀，你为啥三天三夜不到楼上来呀？"

许仙不知应该怎样回答才好，就躲躲闪闪地支吾着说："店里生意好，我算账忙不过来嘛。"

小青禁不住笑起来道："相公，你算啥账？你倒看看，你手里拿的是什么呀？"

许仙看看自己手里，原来一时心慌，错拿了一本老皇历呢！他见赖也赖不过去啦，只好讲出了真情。白娘子听了，皱皱眉头，对许仙说："我是好好的一个人，怎么会变成蛇呢？必定是你眼花看错啦。"

小青也忙着插嘴道："相公没有看错，我也看见的呢。那天，我买了花线回来，听见相公在喊叫，等我奔上楼去，看见相公已经昏倒在地上了。我也见着一条白闪闪的东西，又像是蛇，又像是龙，从床上飞起来，飞出窗外就不见啦。"

白娘子听着笑道："哦，原来是这样的呀！恐怕是苍龙现形了。这正好应着我家生意兴旺，添子加孙。可惜我那辰光困熟了，要不然，一定要点上香烛拜拜它哩！"

许仙听她们讲得这样认真，仔细想想也不错，满心疑团一下子就化掉了。

水漫金山

那年在西湖里被白蛇打败的那只乌龟，一逃逃到西天，躲在如来佛莲座底下听经。乌龟听了好几年经，也学到一些本领。但

它贼心不改，乘如来佛讲经歇下来打瞌睡（chòng）的时候，便偷了三样宝贝——金钵、袈裟和青龙禅杖，跑到凡间来了。

乌龟在地面上翻个斤斗，变成一个又黑又粗的莽和尚，他想想自己法术强，本领大，就起名叫法海。

法海和尚把偷来的三样宝贝带在身边：袈裟披在身上，金钵托在手中，青龙禅杖横在肩头，到处云游。一天，他来到了镇江金山寺，看看长江上波澜壮阔，金、焦二山气势雄伟，真是一片好山水呵！便在寺里住下来，暗地里使个妖法，害死了当家老和尚，自己做起方丈来了。

法海和尚嫌金山寺香火不旺盛，便施展妖术，在镇江城里散布瘟疫，想叫人家到寺里来烧香许愿。但保和堂施的"辟瘟丹""驱疫散"很灵验，瘟疫传不开来。法海和尚知道了气得要命，就扮作化缘的头陀，胸前挂个大木鱼，走三步，敲一敲，走三步，敲一敲，一摇一摆地寻到保和堂药店来。

法海和尚走到保和堂药店门前，朝里面张张，见有夫妻两个正忙着配方撮药，先是一肚子气。到邻近一打听，知道保和堂的灵药都是白娘子开的方。他再仔细看看那穿着白闪闪轻纱衣衫的媳妇，啊呀！正是早年在西湖里打败他的白蛇哩！

法海和尚狠狠地咬咬牙，一声不响地坐在保和堂药店门口等着。等呀，等呀，从早半天一直等到黄昏，保和堂药店要打烊（yàng）了。他见白娘子已上楼去，就敲起木鱼，大模大样地走进店里来，朝许仙合起手掌，说道："施主，你店里的生意好兴隆呀，给我化上个缘吧。"

　　许仙问他化的什么缘。法海说："七月十五金山寺要做盂兰盆会，请你结个善缘，到时候来烧炷香，求菩萨保佑你多福多寿，四季平安。"

　　许仙听他讲得好，就给他一串铜钱，在化缘簿上写下了自己的名字。法海和尚走出门口，又回头关照道："到了七月十五，施主一定要来呵！"

　　日子过得好快，七月十五转眼就到了。这一天，许仙起个早，换了一身干净衣裳，对白娘子说："娘子呀，今朝金山寺做盂兰盆会，我们一同去烧炷香好吗？"

　　白娘子回答道："我怀着身孕，爬不上山，你自己去吧。烧完香早点回来。"

　　许仙独个儿来到金山寺，他刚刚跨进山门，就被法海和尚一把拉到禅房里。法海和尚对许仙说："施主呀，你来得正好，今

天我从实告诉你，你的女人是个妖精哩！"

许仙一听生了气，说道："我娘子是个好端端的人，怎么会是妖精！你不要乱说。"

法海和尚笑笑说："这也难怪施主，你的心窍都已被妖精迷住啦。只有老僧看得出她是白蛇变化的！"

这一说，许仙倒记起端午节那天的事来了，不觉心里一愣。法海和尚见他在一旁发愣，就说："你不要回家去了，拜我做师父吧，有我佛法保护，就不怕她害你啦！"

许仙想：娘子对我的情义比海还深，即使她是白蛇，也不会害我的，如今还有了身孕，我怎能丢下她出家做和尚呢！这样一想，他无论如何也不肯出家。法海和尚见许仙不答应，就不管三七二十一，把他关了起来。

白娘子在家里等着许仙哩，左等等不来，右等等不来，一天、两天、三天，一直等到第四天，她焦急起来，再也耐不住了，便和小青划只小舢（shān）板，到金山寺去寻找。

小舢板停在金山下，白娘子和小青爬上金山，在寺门口碰到一个小和尚，白娘子问："小师父呀，你知道有个叫许仙的在寺里吗？"

小和尚想了想，说道："有，有这个人。因为他的老婆是个妖精，我师父劝他出家做和尚，他不肯，现在把他关了起来。"

小青一听冒起火来，指着小和尚的鼻子大骂道："我们就是来找许仙的，你叫那老贼秃出来跟我们讲话！"

小和尚一想，呀，妖精来啦，吓得连滚带爬地奔进寺去，把法海和尚叫了出来。法海和尚见了白娘子，就"嘿嘿"一阵冷笑，说道：

"大胆妖蛇，你竟敢入世迷人，破我法术！如今许仙已拜我做师父了。要知道'苦海无边，回头是岸'。老僧慈悲为本，放你一条生路，趁早回去再修炼修炼，好成正果。如若再不回头，那就休怪老僧无情了！"

白娘子仔细望望法海和尚，认出他是乌龟精，先按住心头之火，好声好气地央告道："你做你的和尚，我开我的药店，井水不犯河水，又何苦硬要和我做对头呢！古话说得好，'冤仇宜解不宜结'，你就放我官人回家吧！"

法海和尚哪里听得进去，举起手里的青龙禅杖，朝白娘子兜头就敲。白娘子只得迎上去挡架，小青也来助战。法海青龙禅杖敲下来的分量真像泰山压顶一般，白娘子有孕在身，如何挡得住？渐渐支持不住了，只好败下阵来。

她们退到金山下，跳上小舢板，白娘子从头上拔下一支金钗，迎风一晃，变成一面小令旗，旗上绣着水纹波浪。小青接过令旗，举上头顶顺摇三摇。

霎时间，滔天大水滚滚而来，虾兵蟹将成群结队，一齐向金山涌去。

大水漫到金山寺门前，法海和尚着了慌，连忙脱下身上袈裟，往寺门外一遮，忽地一道金光闪过，袈裟变成一堵长堤，把滔天大水拦在外边。

大水涨一尺，长堤就高一尺，大水涨一丈，长堤就高一丈，任凭你波浪多么大，总是漫不过去。白娘子看看胜不了法海和尚，只得叫小青收了兵。她们又回到西湖去修炼，等待机会报仇。

金凤冠

许仙被关在金山寺里，死活也不肯剃掉头发做和尚。关了半月，终于找着个机会，逃了出来。

许仙回到保和堂药店，看看白娘子和小青都不在了，人去楼空，真叫他伤心！又怕法海和尚再来寻他生事，不敢住在镇江，只得收拾起一点东西，关了店门，仍旧回到杭州来。

许仙一直走到西湖断桥边，看看那株大柳树，依然是青枝绿叶，长得很茂盛；想想自己和白娘子一对恩爱夫妻，活活被法海和尚拆散，心里越想越疼，不觉泪珠扑簌簌地滚下来，顿着脚叫喊道："娘子呀娘子，你到哪里去了呀？你到哪里去了呀？"

这时，白娘子和小青正在西湖底下练功夫，隐隐约约听得湖上有人叫喊，这声音很熟悉，侧耳一听，原来是许仙。她俩大喜，马上从湖底下钻上来，捞片树叶，吹口气，变成一只小船，于是打起双桨，慢慢划着，来寻许仙。

许仙抬头一看，船上正坐着白娘子和小青，还疑心自己眼睛花了呢！再仔细看看，可不正是！慌忙大声喊道："娘子靠船，娘子靠船，许仙在此！"

小青轻轻靠了船，扶白娘子登上岸，夫妻俩又在断桥相会了。两人谈谈别后情形，真是又难过又高兴，说着说着，不禁都流下泪来。

小青在一旁见了说道："大家碰也碰到了，哭什么呢！还是找个落脚的地方吧！"

于是，三人坐上小船，划到清波门上岸，仍旧寄住在许仙姐姐的家里。

日子过得很快，转眼过了新年，元宵节下，白娘子生下一个白白胖胖的妊娃。许仙乐得整天合不拢嘴巴，见人老是笑。

伢儿满月的那一天，许仙家里做汤饼会，办满月酒，许仙姐姐和小青忙着里外张罗。白娘子清早起身，在内房梳妆打扮，许仙在一旁看着自己的妻子，见她红娇娇的脸，乌光光的头，比以前更好看了。

他看着看着，忽然想起：今天娘子要抱伢儿出去跟长辈亲友们见面，讨个彩头，可惜她头上戴的首饰都丢了……正想着，忽然听得大门外弄堂里有个货郎在叫喊："卖金凤冠啰，卖金凤冠啰！"

许仙一听是卖金凤冠的，便三脚两步奔了出去，找到卖货郎。拿过来一看，哦！这顶珠宝串成的金凤冠，金光闪亮的，美丽极啦！许仙越看越中意，便把它买下来，拿进房里，对白娘子说："娘子，我给你买来一顶金凤冠，你戴上去试试，看看合适不合适？"

白娘子看看那金光闪亮的金凤冠，心里也很喜欢，就让许仙帮着戴到头上。不料这金凤冠一戴到头上，就紧紧箍住啦，再也脱不下来。

它越箍越紧，越箍越紧……白娘子这时只觉得头重脑疼，眼前金星乱冒，支撑不住，便一头倒在地上昏过去了。

这场飞来大祸，把许仙惊呆了。他急得双脚乱跳，慌忙奔出门去，要找货郎算账。奔到门口，一看，货郎不在了，只见法海和尚横着青龙禅杖，挡在门外。原来那个卖金凤冠的货郎就是法海和尚变化的。自从许仙逃出了金山寺，法海和尚便满世界地寻找他，今天来到杭州，打听到许仙正给他的儿子做汤饼会，办满月酒，就用金钵变顶金凤冠，自己变化成为货郎，走上门来叫卖。

法海和尚见许仙气急败坏地奔出来，面色都变青了，料想已经入了圈套，就冲着他"嘿嘿"一阵冷笑，说道："施主，好言相劝你不听，今天我上门收妖来了！"

说着，法海和尚便大踏步闯进房里，许仙要拦也拦不住。法海和尚朝白娘子头上吹口气，金凤冠就变成金钵。金钵射出万道金光，把白娘子团团罩住。小青扑过去要跟法海和尚拼命，只听白娘子在金光里面喊她："小青快走，小青快走，侬练好功夫，日后再来替我报仇吧！"

小青自量也斗不过法海和尚，就化一阵青烟从窗口遁走了。许仙死死抓住法海和尚不放，只听白娘子在金光里面喊他："官

人珍重，官人珍重！你要好好抚养孩子呀！"

许仙是个凡夫俗子，他更奈何法海和尚不得，只好从床上抱起伢儿，让白娘子再看上一眼。

白娘子泪痕满面，她的身体在金光下面已渐渐缩小，渐渐缩小……最后，变成了一条白蛇，被法海和尚收进金钵里去了。

法海和尚收了白蛇，在南屏山净慈寺前的雷峰顶上造了一座雷峰塔，把金钵砌进去，镇住白蛇，自己便在净慈寺里住下来看守着。

雷峰塔倒

再说那小青在深山里练功夫，也不知练了多少年，看看自己的本事练得差不多了，就赶回杭州来，寻法海和尚报仇。

这时候，法海和尚还在看守着雷峰塔哩。小青寻到净慈寺，就跟他在南屏山下大战起来。他们打了三天三夜，还分不出谁赢谁输。干戈声震得山摇地动，一直飘到西天，钻进如来佛的耳朵里。如来佛的瞌睡被吵醒了，睁开眼来看看，发觉自己的三件宝贝被偷了去，心里很气愤，就踏着莲花，驾起祥云去寻找。

如来佛飞到杭州上空，见法海和尚和小青正打得热闹哩。法海和尚刚刚避过小青的青锋宝剑，用青龙禅杖向她头上砸去，如来佛在空中用手轻轻一招，那青龙禅杖就脱开法海和尚的手，向天上飞去啦。

法海和尚丢了青龙禅杖，心里慌乱，急忙脱下身上的袈裟，想把小青裹住，哪知袈裟一脱下来，也"呼"的一阵风飞上天去。这时，又听"轰隆隆"一声巨响，雷峰塔倒坍了，砌在塔里的金钵也飞上了天。

白娘子从塔里面跳出来，就和小青一道围打法海和尚。法海和尚本来就没有什么本事，全靠如来佛的三件宝贝，如今宝贝都叫如来佛收回去了，哪里还打得过白娘子和小青呢！

他看看苗头勿对，就化一阵黑烟，逃上天空，哀求如来佛救命。如来佛也恨他心术太坏，飞起一脚，踢得他连连打了几个斤斗，从空中翻落下来，"扑通"一声，跌进西湖里去了。

白娘子见法海和尚掉进西湖里，便从头上拔下一支金钗，迎风一晃，就变成了一面小小的令旗。小青接过令旗，举上头顶倒摇了三摇，西湖里的水便一下干了。湖底朝了天，法海和尚东躲西藏，找不着一个稳当的地方。最后，他看见螃蟹的肚脐下有一丝缝隙，便一头钻了进去。螃蟹把肚脐一缩，法海和尚就被严严实实地关在里面了。

法海和尚被关在螃蟹肚子里，从此再也出不来啦。原先，螃蟹是直着走路的，自从肚子里钻进那横行霸道的法海和尚，就再也直走不得，只好横着爬行了。

直到今天，人们吃螃蟹的时候，只要揭开背壳，还能在里面找到这个躲着的秃头和尚哩！

陈玮君
徐飞
搜集整理

飞来峰

从前四川峨眉山上，有一座会飞的小山峰。它一会儿飞到东，一会儿飞到西；无论飞到哪儿，都会压坍许多房子，压死很多人。

那时，西湖灵隐寺里有个济颠和尚，他整天疯疯癫癫的，不守佛门清规，拿把芭蕉扇子，东游西荡，到处打哈哈，人们也都喜欢他。

有一天，济颠和尚算知中午辰光，那座奇异的山峰要飞到灵隐寺前的村庄上来。他担心山峰落下来会压死很多人，五更天时就爬起来，奔进村庄，挨家挨户地说："今天中午有座山峰要落到庄上来，大家赶快搬家呀，迟了就来不及啦！"

老头儿听了直摇头，骂道："你这疯和尚，又来寻开心了，山是顶重顶重的东西，谁见过会飞的山呀？"

当家人听了叹口气道："我们穷佃（diàn）户能往哪里搬呀？要是真的有山掉下来，压死也只好怨命苦！"

小伙子听了哼哼鼻子，气道："别编谎话吓唬人啦！山压下来就拿肩膀扛着，我们不怕！"

小伢儿们嘻嘻哈哈地跟在济颠和尚后面，指手画脚地看热闹。

济颠和尚这家进那家出，全村百十户人家都关照过了。他说得嘴唇破、唾沫干，却没有一个人相信他的话，没一家准备搬场的。

太阳越升越高，中午眼看就要到啦，济颠和尚急得团团转。

这时，他忽地听到"嘀嘀嗒，嘀嘀嗒"吹唢呐的声音，赶紧循着声音奔过去，一看，呵哟，原来有家人娶媳妇，新郎、新娘正磕头拜天地哩！屋子里喜气洋洋，人进人出，热闹极了。

济颠和尚搔搔头皮想一想，呵，有了！赶忙推开众人，钻到堂前，不管三七二十一，把新娘子往肩上一背，就抢出大门往村外飞跑。

新娘子头上的红方巾还没有揭掉呢，忽然糊里糊涂地叫人背着飞跑，也不知发生了什么事，只吓得"哇哇"直叫。

济颠和尚抢走新娘子，这还了得！

人们气得抓门闩的抓门闩，抢扁担的抢扁担，挥锄头的挥锄头，举钉耙的举钉耙，没命地追赶上来，一面追，一面大声叫喊：

"抓住济颠和尚呀！抓住济颠和尚呀！"

"前面快快拦住呀，别放济颠和尚跑啦！"

这一下，把全村的人都惊动了。也不管是亲戚不是亲戚，是朋友不是朋友，男的、女的，老的、少的，全村人都追了出来。只有村东一家财主没有动，反倒站在门前看热闹，讲风凉话："哈，'活菩萨'去抢新娘子，真是件新鲜事！嘻嘻。"

济颠和尚背着新娘子，一个劲往前奔。他跑得可真快哩！大家一直追出十几里路，还没追上他。

等到太阳当头，济颠和尚站住脚，不跑啦。他从背上放下新娘子，自己往地上一坐，摇着扇子扇风凉。人们赶到他跟前，刚要揪住他打，却没料到霎时间天昏地暗，伸手不见五指，大风刮得呼呼响。

突然"轰隆隆"一声，人们都被震得跌了跤，爬起来一看，哟，已经风停云散，太阳又照在头顶上了，却见一座山峰刚刚落在他们的村庄上。人们这才明白过来：济颠和尚抢新娘子，是为了救大家性命的呵。

村庄被压在山底下，大家都无家可归了，有的人急得捶胸顿

脚，哇哇大哭起来。

济颠和尚说："哭什么！你们不知道，村里的财主已被压死在山下啦，今后你们各人种自己的田，还怕盖不起房子！"

人们一想，对呵，大家才高兴起来，欢欢喜喜地正想散去，济颠和尚又讲话了："别走别走，大伙听我说，这座山峰既然能从别处飞来，也就会从这儿飞走；飞到别的地方，又会害死许多人。我们在山上凿他五百尊石罗汉，就能把山镇住，不让它再飞往别处去害人啦，你们看好不好？"

大家听了，齐声说好，马上就动起手来。一时间，锤的锤，凿的凿，"叮叮当当"忙了一夜，五百尊石罗汉就凿全了，山上山下布满石龛佛像，只是凿了罗汉的身躯，却来不及凿出眉毛眼睛。

济颠和尚说："我有办法，让我来！"

他不用锤也不用凿，只用他长长的手指甲到石罗汉脸上去

划。半天工夫，便把五百尊石罗汉统统都安上了眉毛眼睛。

从此，这座小山峰就再也不能飞到别处去，永远留在灵隐寺前面啦！因为它先前是从别处飞来的，所以人们就叫它为"飞来峰"。

白公堤

这一年，杭州大旱，西湖旁边大批农田龟（jūn）裂，稻禾晒得像火烧过一样。老百姓天天到衙门里请求放西湖水，可那些官儿都顾自寻欢作乐，一理也不理。

这一天，百姓们又熙熙攘攘地来到衙门前，有的喊："青天大老爷，赶快放西湖水，救救农田吧！"有的喊："再不放西湖水，我们百姓都活不下去啦！"

闹得衙门里的太爷头昏颠倒，只好匆匆走到衙门口，怒气冲冲地说："谁说放西湖水？把西湖水放了，那湖里的鱼龙就没地方栖息啦！"老百姓说："那么请问大老爷，鱼龙性命要紧，还是百姓性命要紧？"

太爷一听，又气呼呼地说："谁说放西湖水？把西湖水放了，荷藕菱茭还活得成吗？"

老百姓说："那么请问大老爷，荷藕菱茭为重，还是稻米为重？"太爷一时无话可答。

这辰光，人群中忽然有人高声说："讲得对呀！讲得有理！"百姓们回过头去，只见那人五十开外，五绺长须，头戴方巾，身穿青衫，笑眯眯地站在那里。太爷一听更生气，冲着那人说："啊，你说什么？嗯，原来是你在这里煽动……"

那人道："对不起，我刚来。我说当官的嘛，难道不应该听听父老们的呼声吗？"

听那人这么一说，太爷皱起眉头想一想，便问："你是谁？——"

那人说："我姓白，白居易就是我。"

太爷一听是白居易，赶忙三脚两步从台阶上滚下来，打躬作揖地说："哎呀，我当是谁，原来是白大人到啦，下官有失远迎，得罪得罪！请，快请到里面歇息。"

原来白居易新被任命为杭州刺史，为了察访民情，他没穿官服就到衙门里来啦！

白居易一上任，第二天就放了西湖水。百姓们望着碧绿碧绿的湖水，"哗哗"地流进自己的农田，都说："白居易一来，我们农家有救了。"

白居易上任不久，就访问了附近农家。第二年，在钱塘门外，修了一条堤，造了一座石涵闸，把湖水蓄得满满的。他又恐怕后来的地方官不了解堤坝跟农家的利害关系，还亲自写了篇《钱塘湖闸记》，刻在石碑上，详细地记载了堤坝的功用，以及蓄水、放水和保护堤坝的方法。

百姓们都围着来看这块石碑。当看到上面写着放一寸深的湖水相当于能灌溉多少顷农田的水量时，大家都为白居易深知百姓疾苦和精密设计的水利工程而感动，纷纷要为白居易向朝廷请功。白居易曾咏诗道：

税重多贫户，

农饥足旱田。

唯留一湖水，

与汝救凶年。

白居易在杭州做了三年刺史，对这西湖水管理得可严啦！有一次，白居易在湖上观赏风景，看到南岸的一处湖面上，有人在挑土填湖，建造亭台楼阁。白居易就查问是哪一家造的。当差的查明后，回禀说："这是衙内二爷的老丈人在造一座花园哩！"白居易就把二爷的老丈人传来，说："西湖是大家的，你一个人怎么好占用呢？现在罚你开葑（fēng）田一百亩。"那位二爷的老丈人晓得刺史说一不二，只好雇了一批人，挖了一百亩湖泥。

又有一次，白居易从灵隐道上散步回来，看见有人砍了两株树，背回来当柴烧。白居易就对那人说："山上的树砍光了，泥沙就流到西湖里去啦！罚你补种十株树！"那人只好到山上去补种了十株树。

从此，再没有人敢占湖造屋、上山砍树了。

白居易不但热爱杭州百姓，对西湖更是酷爱成癖。每当政事稍有空闲时，他就去白沙堤、孤山一带细细玩赏。淡荡的烟波，轻拂的堤柳，大大助长了他的诗兴。因而他在杭州三年，写下了许多著名的山水诗。西湖的景色，经他的笔墨一点染，在人们眼里，就显得更加美丽可爱了。有一次，白居易从孤山寺扶醉归来，在堤上走着走着，不觉诗兴勃勃，当即吟成了一首七律《钱塘湖春行》，诗道：

孤山寺北贾亭西，

水面初平云脚低。

几处早莺争暖树，

谁家新燕啄春泥。

乱花渐欲迷人眼，

浅草才能没马蹄。

我爱湖东行不足，

绿杨阴里白沙堤。

这辰光，有一个老婆婆拄着拐杖，也在白沙堤上看风景，白居易就走上前去，对老婆婆说："我刚才作了一首诗，吟给你听听，你看好不好？"于是就把这诗吟了一遍。

老婆婆听了说："这诗好啊！不过白沙堤不只你一个人所爱，我们杭州人都爱这堤呢。你不如把'我'字改成'最'字吧，这样，就吟出了许多许多人的心思了。"

白居易一听喜得跳起来，连连说："老婆婆，你说得对，改得好，真要谢谢你了！"

后来，老婆婆一打听，这人就是白居易，逢人就讲："白居易的诗，我也改过，而且他还谢过我哩！"一时杭州人传为美谈。

白居易在杭州三年，发动百姓兴筑湖堤，把西湖整治得水绿山青。湖水蓄放便利，大批农田受益，地方上渐渐富庶起来。皇帝知道了白居易的功绩，就把他调到京城里去。

白居易要离开杭州的消息传到百姓的耳朵里，大家心里很难过。他们打听好白居易离开的日子，纷纷提了酒壶，托了糕点，到西湖边来送别。

百姓们在西湖边等啊等啊，没有听到开锣喝道的声音；等啊等啊，没有看到抬着大箱小箱的行列。过了一歇，只见白居易骑着一匹白马，从天竺山缓缓而来，当差的抬着两片天竺石在后面跟随着。

白居易一路走来，一路与百姓们话别。百姓们拦住白居易，人人泣不成声。白居易看了，心中十分感动，当即在马上吟咏道：

三年为刺史，

饮冰复食蘖（niè）；

唯向天竺山，

取得两片石；

白公堤 | 67

此抵有千金，

无乃伤清白？

百姓一直把白居易送到运河边船码头，才依依惜别。

船离开杭州，一路上，白居易只是一个人坐在船头不言不语，闷闷不乐。随行当差见他从早到晚一口酒也不喝，一句诗也不作，好奇地问道："大人在杭州做了三年刺史，虽然快活，却是外官；现在到京城里去做官是一件美差，为啥却整天皱着眉头呢？"

白居易说："你们不知道，我有病啊！"

当差的说："你吃得下饭，睡得熟觉，不像有病的样子，到底犯了什么病呢？"

白居易说："你们要问我的病，却是相思不是愁。我是在思念南北两峰，西湖一水啊！"

当差的听了大笑道："这个相思病，害得可新奇哩！"

白居易自己也笑起来说："是啊！'但闻山水癖，不见说相思；既说相思苦，西湖美可知。'"

这时候，白居易坐的船快要出浙江境了，要打发杭州来的船回去。因为他恋恋不舍西湖，就提笔在纸上写了一首诗，叫船老大带回去贴在西湖断桥亭上。这首诗道：

自别钱塘山水后，

不多饮酒懒吟诗；

须将此意凭回棹（zhào），

报与西湖风月知。

白居易去后，杭州的百姓都怀念他，亲切地称他为"白舍人"。有的人画了他的像，供在家里；有的人把他的诗抄写了贴在墙上……

白居易在西湖修的这条堤，已经淹没了，但是千百年来，杭州人一直把那条连接断桥和孤山的"白沙堤"叫成"白公堤"，后来改称"白堤"，以纪念这位为杭州人民做了许多好事的大诗人。

肖凡
搜集整理

火烧净慈寺

传说阴历六月二十三是火神的生日。

这一年六月二十三，是一个赤日炎炎的大热天，可是到南屏山净慈寺来烧香拜佛的人比往常还多，大家烧香磕头，求火神不要降火灾，保佑大家四季平安。

到快吃午饭的辰光，净慈寺山门外来了一个年轻漂亮的姑娘儿。这姑娘穿一身红绸衣裙，手撑一把小阳伞，一双乌溜溜的眼睛东张西望，慌里慌张的就像有人在后边追着她似的。

这时，济颠和尚正住在净慈寺里哩。不早不晚，恰恰这个时候，他从镬灶间里冲出来，一手拿着一根竹棒儿，也不说话，伸开两臂拦住山门，不让那姑娘进去。那姑娘往东钻，济颠就向东拦；那姑娘向西蹿，济颠便往西挡。弄得那姑娘面红耳赤，满脸都是汗珠儿。一些烧香拜佛的人见济颠竟在大庭广众下调排妇女，就都哄了起来。

当家老方丈听到外面喧嚷得很厉害，扶着拐棍慌忙从里面赶出来，见济颠这样胡闹，便大声喝道："济颠，你像不像个出家人？还不给我走开！"

济颠扭过头来，笑嘻嘻地问老方丈道："师父呀，你说说看，是有寺好还是没寺好？"

老方丈把话音听岔了，没理会他的意思，就骂济颠道："多嘴，我们出家人多一事不如少一事，当然是'没事'好啰！"

济颠叹口气道："师父呀，等到'没有寺'了，你不要后悔呢！"

老方丈听也不听，就拿拐棍儿敲济颠说："'没有事'，我正巴勿得哩！你少在这里啰唆，快给我走开！快给我走开！"

济颠见当家老方丈这么一说，就把两根竹棒儿往胳肢窝下一夹，独自走开了。

那穿红衣裙的姑娘刚走进大雄宝殿，往人群中三挤两挤就不见啦。这辰光，忽地刮起一阵大风，有只红蜘蛛从大殿正梁上挂下来，不偏不斜，正好落在点着的烛火上。只听"呼"的一声，烛火四射，大殿里立刻着起火来。风助火势，火借风威，霎时间就把个金碧辉煌的净慈寺烧成了一片火海。

许多香客跟和尚东逃西躲没处藏身，看看只有殿后那一间柴房没烧着，大家就你推我挤地往那里奔。推开门一看，呀，只见济颠跷起两只脚，躺在草堆上困得正香甜哩。大家七手八脚地去推他，济颠揉揉眼皮翻个身，迷迷糊糊地说："莫吵，莫吵！你们吵啥呀？"

　　大家把他拖起来，大声说："火都烧着眉毛啦，你还在困大觉哩！"

　　济颠也不回答，只嘻嘻地朝大伙儿憨笑。

　　老方丈一见也火了，说道："寺院烧掉了，人家哭都来不及，你还乐哩！"

　　济颠说："哈哈！这就要问师父啦！"

　　老方丈听了，摸不着头脑，就问济颠是怎么一回事。济颠这才说明："刚才那穿红衣裙的姑娘是火神变化的，她今天午时三刻要来烧净慈寺，我不放她进来，想耽误过时刻，这火便烧不成啦。"

　　老方丈听了着急道："哎呀呀，我怎么知道，那你为啥不早点说呀？"

　　济颠说道："还怨我不早说呢？——我拦也拦了！大家都哄

我，刚才我还问师父，师父不是说'没寺'好吗？哼，你不是还拿拐棍儿敲我吗？"

老方丈这时才弄懂：原来自己一时心急，把话音都听错了。真是又懊悔又伤心，忍着眼泪说："咳！我还当你说的是事情的'事'哩，要知道是寺院的'寺'，怎么会说'多一寺不如少一寺'呢？唉——"

岳王庙精忠柏

在岳王庙里有座精致的小亭子，这小亭子里面放着七八段奇特的断木头，乌黑锃亮，硬得像石头一样，叫"精忠柏"。这精忠柏是怎样来的呢？事情还得从宋朝说起。

北宋末年，世道乱极啦。金兀术（zhú）发兵大举入侵中原，一直打到汴京。金兵一路上烧呀抢呀杀呀，地方上被弄得十室九空，老百姓痛哭连天。康王赵构从北边逃到南边，却看上了杭州这块好地方，当作远避金兵的安乐窝，丢下半壁江山不管啦，让中原老百姓当着亡国奴。

有道是乱世出忠臣呵！那时候就出了个忠心耿耿的岳飞。岳飞一生把母亲刺在他背上的"精忠报国"四个字牢牢记着，带领岳家军，奋起抗击金兵。金兀术派出了连环拐子马，被岳飞破了；金兀术又使用了铁浮陀（tuó），也被岳飞破了。

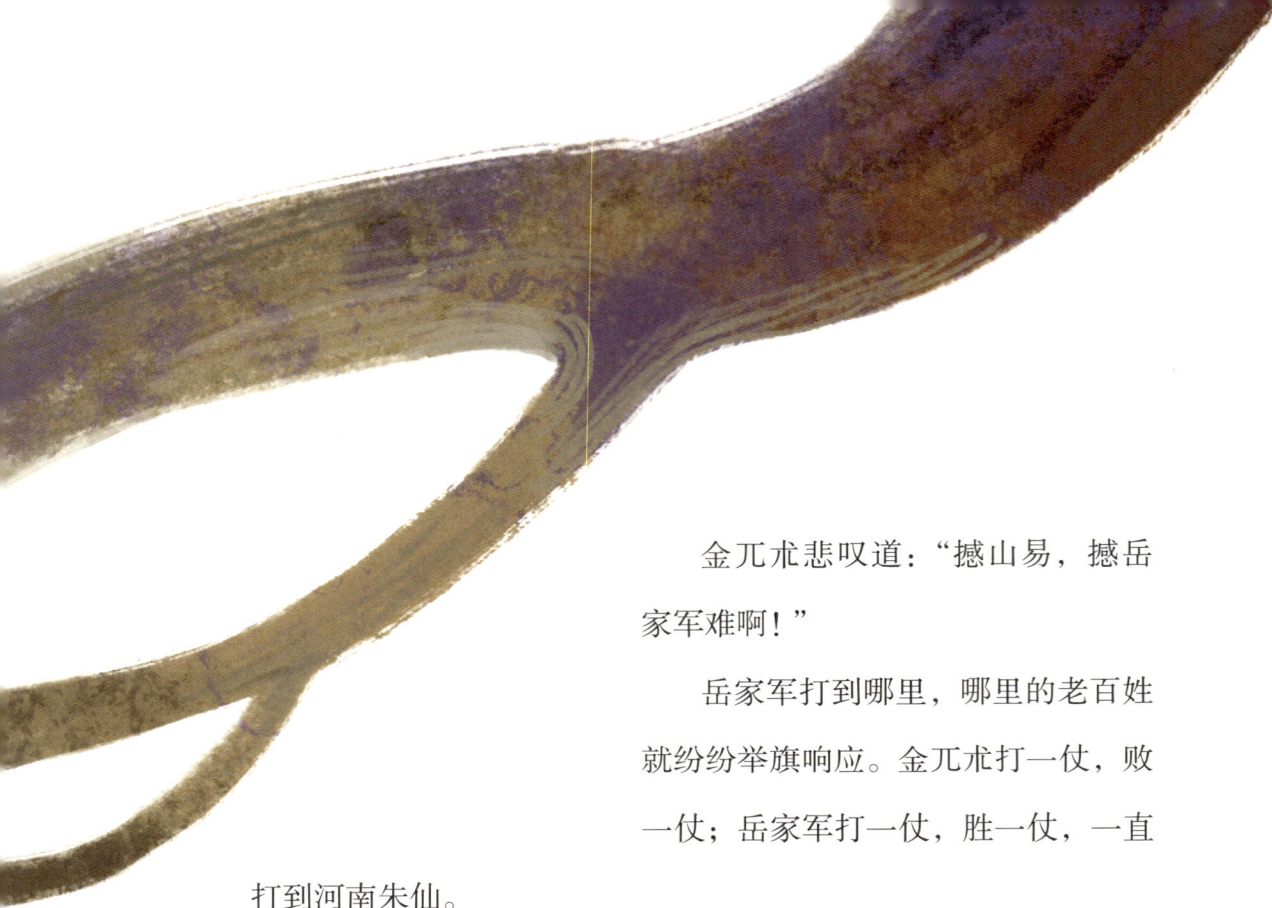

金兀术悲叹道："撼山易，撼岳家军难啊！"

岳家军打到哪里，哪里的老百姓就纷纷举旗响应。金兀术打一仗，败一仗；岳家军打一仗，胜一仗，一直打到河南朱仙。

可是，乱世也出奸贼哪！那时候又偏偏出了个阴险毒辣的秦桧（huì）。这奸贼呀，同金兀术早有往来啦。金兀术看看打不过岳飞，就暗地里派奸细与秦桧勾结起来，讲好条件害岳飞。秦桧是当朝的宰相，权力可大了，他一天连发了十二道金牌，把岳飞召回杭州，以"莫须有"的罪名，把岳飞害死在风波亭。

这风波亭就在小车桥畔的大理寺（宋朝时候的司法衙门）里面，当时亭子旁边有棵大柏树，枝叶繁茂，气势非凡。说来也奇怪，自从岳飞被害死之后，这棵大柏树好像有灵性似的，枝叶低垂下来，不久便慢慢地枯萎了。可那根树干儿却像一座高塔似的，屹立在风波亭旁边，稳如泰山。

大柏树的树干经历了宋、元、明三个朝代，阅尽了人间几百年的风云变幻，树身越变越硬，直到清朝，还傲然挺立在那里。

那时候，老百姓正受着异族的欺凌。有一年太平军攻下杭州城，给老百姓出了一口气。老百姓都很拥护太平军。太平军为了追念抗金英雄岳飞，就把营盘驻扎在里西湖的岳王庙前面。当时正是夏秋之交，太平军里有许多士兵忽然生起病来。统兵的王爷见士兵们头昏脑涨，浑身无力，医治又无效，心里很着急。老百姓也都到营盘来送这送那，问寒问暖。

一天，有个住在岳王庙旁边的八十岁老人，拄着拐杖来找王爷。老人说："过去听说有人用风波亭的柏树皮治好过这种病，王爷不妨去试试。"

王爷说："这好呀，常言道'单方一味，气杀名医'哩！老爷爷，你这样大年纪还记着我们太平军，真要谢谢你了！"

老人见王爷这样和气，于是又说古谈今，使王爷知道风波亭柏树的来历。谈了一会，王爷就亲自扶送老人回家。

王爷一回转营盘，就带个亲兵出去，找到了风波亭的旧址，看看荒凉得很，没有什么东西，只有老人说的那根枯掉的柏树干儿立在那里。他看看柏树干儿，又想想岳飞，不觉思潮起伏……

王爷在柏树干儿前面立了一会，取点柏树皮下来，回到营盘，煎了汤，叫来两三个生病的士兵，各人先试吃一小盅。哈，一吃果然灵验，第二天病就好啦。于是再派人去取了些来，把其他士兵的病全都治好啦。

王爷十分珍惜这根柏树干儿，下令给地方官，要像保护岳王庙一样，把柏树干儿保护好，不得有半点损坏。

过了一年，因为太平军在天京失利，退出杭州。清兵又回来啦。到秋天，许多清兵也得了同样的病。那个带兵的武官听说去年太平军生这病是用风波亭柏树皮治好的，他想：这柏树皮既然可以治病，也一定能够防病。于是派出许多人去，大片大片地把柏树皮剥下来，熬了几锅子汤，熬得很浓很浓的，不管有病没病，叫每个士兵都喝一大碗。这碗浓汤一喝可不得了啦，没病的也生起病来，有病的干脆两脚一伸，翘了辫子。

那武官见了气得手都发抖啦，就下令把这根柏树干儿烧掉。可是随便怎么烧，树身一点不动，还闪出黑亮黑亮的光泽，敲起来"咚咚"响，有金石之声。

那武官见烧不掉它，便调来大批人马，用大石头把它击毁，一击击成了七八段，狼藉地堆在地上。

老百姓看着实在痛心。后来有几个人，趁着黑夜，悄悄地把这七八段柏树段收藏起来。

又过了许多年，有人在岳王庙里造了一座小亭子，把这些柏树段移到小亭子里放着，外面装上栅栏，供人观赏。因为这柏树是岳飞死后枯萎的，后来又宁断不曲，如同岳飞一样坚贞，所以人们称它为"精忠柏"；这个亭子，就叫"精忠柏亭"。

直到今天，人们在岳王庙里，还可见到当年被清兵击断的"精忠柏"哩。

黄龙洞

　　紫云洞，雾蒙蒙，洞里住着一条作恶多端的老黄龙。老黄龙年纪大啦，整天瞌眼懵懂地躲在洞里睡大觉，动都懒得动。

　　紫云洞里还有一条小黄龙。小黄龙没爹没娘，从小就给老黄龙做奴仆。老黄龙只怕小黄龙逃走，从来不肯让他走出洞口一步，就是困觉的时候，也用一只龙爪抓住小黄龙的脖子。

　　有一回，老黄龙困着啦，困得很熟很熟。小黄龙轻轻地从老黄龙的龙爪里滑出来，跑到洞口，龙尾一甩，洞口罩着的紫云便散开了。他走出洞外，看见那青青的山，蓝蓝的水，绿油油的庄稼，红艳艳的花朵，心里快活极了，便在地上打个滚，马上就变成一个年纪轻轻的小后生。小黄龙看看自己赤裸裸的身体，背上还留着鳞片，便随手扯来两朵紫云，吹口气，变出一套紫色衣裤，穿在身上。

小黄龙走下山坡，看见有个放牛娃坐在地上哭，就问："小弟弟，你为啥哭呀？"

　　放牛娃用手背揩揩眼泪说："我丢了财主二爷一头牛，刚才他逼我赔，我没有牛呵！"

　　小黄龙说："没有牛就算了吧，哭他做啥呢？"

　　放牛娃说："财主二爷说过，三天里赔不出牛，他要用棒儿打死我！"

　　小黄龙听了，眨眨眼睛想了想，说道："小弟弟不要哭啦，我替你赔牛吧！"

　　放牛娃摸摸头皮，舒口气，跟着小黄龙走啦。

　　小黄龙领着放牛娃，走进林子，看见有个老头儿坐在树下哭，就问："老伯伯，你为啥哭呀？"

老头儿干咳了两声，说："我少了财主二爷两担租，刚才他逼我缴租，我没有谷！"

小黄龙说："没有谷就算了吧，哭他做啥呢？"

老头儿说："财主二爷说过，三天里缴不齐租，他要抓我去坐牢！"

小黄龙听了，眨眨眼睛想了想，说道："老伯伯不用愁，我替你缴租吧！"

老头儿敲敲背脊，舒口气，也跟着小黄龙走啦。

小黄龙领着放牛娃、老头儿走过石路，看见有个老婆婆坐在屋前哭，就问："老大妈，你为啥哭呀？"

老婆婆擤把鼻涕，说："我欠下财主二爷三笔账，刚才他逼我还债，我没有钱！"

小黄龙说："没有钱就算了吧，哭他做啥呢？"

老婆婆说："财主二爷说过，三天里还不清债，他要拆我的房子！"

小黄龙听了，眨眨眼睛想了想，说道："老大妈别伤心，我替你还债吧！"

老婆婆掸掸衣裳，舒口气，也跟着小黄龙走啦。

走呀，走呀，他们走到财主二爷家门口。

老婆婆见小黄龙两手空空的，就问："财主二爷要钱的呀，你没有带钱来，拿什么替我还账呢？"

老头儿见小黄龙两手空空的，就问："财主二爷要谷的呀，你没有挑谷来，拿什么替我缴租呢？"

放牛娃见小黄龙两手空空的，就问："财主二爷要牛的呀，你没有牵牛来，拿什么替我赔牛呢？"

小黄龙说："老伯伯，老大妈，小弟弟，我先问你们：财主二爷顶喜欢的是什么？"

老头儿、老婆婆、放牛娃一齐回答："财主二爷顶喜欢金子，顶喜欢元宝！"

小黄龙在脚髁（kē）头上一拍，说道："对了，对了，我有金子。就拿金子缴租，就拿金子还账，就拿金子赔牛。不好吗？"说着，暗地里把手伸进自己的衣裳里，一揭，从身上揭下一片金鳞片；再一揭，又揭下一片金鳞片……老话说"龙怕揭鳞"，小黄龙揭自己的鳞，该有多么痛呀！但他咬紧牙关忍住痛，把一身金鳞片全揭下来，分给老头儿、老婆婆和放牛娃。

他们一起走进财主二爷家里。财主二爷见了大声直嚷："喂，放牛娃，还我的牛来！喂，老头儿，还我的租来！喂，老太婆，还我的钱来！"

老头儿把金鳞片给财主二爷抵了租，老婆婆把金鳞片给财主二爷顶了债，放牛娃把金鳞片给财主二爷赔了牛。

财主二爷捧着一兜子金鳞片，皱起眉头直嘀咕："金片好呵，金片亮呢，可惜零零碎碎不像个样子！"

小黄龙插嘴说："财主二爷呀，你在厅堂上生起个火苗苗，把金片熔了，铸成一个大得抬不出门的元宝不好吗？"

财主二爷一听，对呀，笑得满脸起疙瘩，眼睛眯成一丝缝，嘴巴咧到耳朵旁。

小黄龙一班人，走出了财主二爷大门。小黄龙眨眨眼睛想了想，就朝老头儿说："老伯伯，我认你做亲爷吧！"老头儿捋捋胡须，笑呵呵地答应了。

小黄龙又向老婆婆说："老大妈，我认你做亲娘吧！"老婆婆瘪瘪嘴，也乐呵呵地答应了。

小黄龙回过身来，摸摸放牛娃的头，亲热地说："小弟弟，你认我做哥哥吧！"放牛娃高兴得一下蹦起来，紧紧搂住小黄龙的脖子不放。

从此，老头儿、老婆婆、放牛娃和小黄龙合做一家。小黄龙跟老头儿学种庄稼，只锄旱地，不耕水田；小黄龙帮老婆婆做杂活，只肯劈柴，不愿挑水；小黄龙和放牛娃去放牛，只走桥上，不下溪滩。三人都觉得很奇怪，却不明白这到底是为了什么。

　　财主二爷自从得了那些金鳞片，整整发了三天呆，想了三天。到第四天，他叫家人烧旺一只大火炉，摆在客厅上，想把金鳞片熔化了，铸成一只大元宝。他又摆下酒席，把有钱有势的亲戚朋友都请来，要当着大家的面夸夸富。

　　哪知金鳞片一倒进火炉里，只听"呼"的一声，火苗蹿起三丈三尺高，马上烧着了正梁大柱。一眨眼工夫，就把财主二爷家的房屋烧成一片平地！原来小黄龙是条火龙，他身上的鳞片就是火龙鳞。火龙鳞碰着了火，烧起来是没有法子扑灭的。

　　财主二爷家着了火，烧得烟雾弥漫，浓烟一团一团直往天上冒。飘呀，飘呀，一直飘过三座山头，飘入紫云洞。烟火味儿钻进老黄龙的鼻孔里。老黄龙觉得鼻孔里痒痒的，就打了个喷嚏。他打个喷嚏不要紧，只见火焰"呼"的一下子，从紫云洞里冲出来，把三里路内的树木庄稼烧得精光。

　　老黄龙一打喷嚏就醒转来了，他吸吸鼻子，闻闻味儿，觉得有点不对头，忙喊小黄龙，可是黑黝黝的洞里连小黄龙的影子也没啦。老黄龙气得要命，急忙钻出洞来寻找。

老黄龙在空中飞腾，东张张，西望望，飞过一座山头又飞过一座山头，一直飞到正在着火的财主二爷家的上空。他仔细看看，说道："啊呀，啊呀，这是财主二爷家的房子呀！财主二爷每年逢时逢节都拿三牲福礼供我吃喝，我每次出来吐火都不烧他家房子的，怎么今天会自己烧起来了呢？"他又仔细嗅嗅，嚷道："这是火龙鳞着火的气味呀，一定是小黄龙干的好事！我要寻着他，把他咬死！"

老黄龙在天上飞来飞去，始终寻不到小黄龙。他恨杀啦，"呼哧呼哧"地不住喘气，鼻孔、嘴巴里呼呼地喷出火焰，把杭州城里城外方圆几十里的地方烧成一片火海。

粮食烧了，没有吃的；衣裳烧了，没有穿的；房屋烧了，没有住的。这样的日子叫人怎么过下去呀！小黄龙知道这是老黄龙作的恶。他眨了好半天眼睛，又闷着头想了一个下午，终于鼓起勇气，对村里的人们说："乡亲们哪，火龙太凶恶啦，火龙太作孽啦，大家齐心协力去降伏他吧！"

大家听了都说："火龙是神，怎样能降伏他呢？"

小黄龙说："土克水，水克火，火龙怕水，大家到西湖里把水挑来，我领你们去寻火龙！"

这个主意一说出，就像一阵风刮过，前后左右三百六十村都刮遍啦，人人都知道了。当天晚上，人们扛的扛，抬的抬，挑的挑，霎时间把个西湖里的水全汲干了。大家紧紧跟着小黄龙，碰碰撞撞地往紫云洞上拥去。

这时候，老黄龙因飞得困乏了，正在洞里睡大觉，外面的动静他一点也不知道。人们爬上山坡，只见一片雾蒙蒙的，寻来寻去也寻不到紫云洞的洞口，小黄龙双手对着云雾一挥，罩在洞口的紫云便散开了。大家急忙往洞里倒水，浇呀，泼呀，水"哗啦哗啦"往紫云洞里灌进去，一会儿就漫到洞口。老黄龙被泡在水里，过一会儿就死啦。

大家七手八脚往洞里浇水，人人都溅得稀湿，也溅了小黄龙满身水珠儿。小黄龙只觉头昏脑涨，身子发软，站立不住，当老头儿、老婆婆、放牛娃急忙赶去搀扶时，只见他头上露角，手脚变爪，现出了原形，"咕噜噜"滚下山坡，在山脚下死了。老头儿他们这才明白：那年轻的小后生，原来是一条火龙变化的。

除掉了老黄龙，全城的火熄了。但是小黄龙为大家送了性命，真叫人难过呀！于是三百六十村的人一起聚拢来，把小黄龙埋在山坡下。

人们一面铲泥土，一面掉眼泪。铲呀铲呀，埋呀埋呀，小黄龙被埋在泥土里，筑起一座高高的坟堆。成千上万人掉下的泪珠儿，透过厚厚的泥土，渗进小黄龙的心窝里，他心窝里装不下啦，就从嘴巴往外面溢出来。渐渐地，坟堆裂开一个小口，从小口里挂下一条小瀑布，"哗哗哗"流着清水，终年不断。

后来，人们为了纪念小黄龙，就在那小瀑布上塑了一个龙头，让水从龙嘴巴里流出来；还把埋着小黄龙坟的那个洞口，叫作"黄龙洞"。

九溪十八涧

从前，杨梅岭上有一户人家，两夫妻年纪都已六十出头了，只有一个儿子，才十二岁。儿子长得漂漂亮亮，壮壮实实的，从小就很乖巧，七八岁上就能相帮爹娘做些生活。爹欢喜他，娘欢喜他，索性给他起个名字叫喜儿。全村人都夸喜儿是个能干的好伢儿。

老夫妻疼爱儿子，不愿让他做个睁眼瞎，就把他送到村中小庙的私塾里去念书。

有一天，学堂里放了早学，十来个毛伢儿，一窝蜂地奔到村外去耍子儿。喜儿跟大家耍子儿一会，看看村子前头的烟囱已经在冒烟，想起妈妈要烧午饭，便急匆匆地奔回家去。他一脚跨进门，就听见妈妈叫道："喜儿呀，水缸空啦，给我去拎桶水来。"

喜儿应一声，忙放下书包，拿起水桶走了。来到溪边，看见有两条泥鳅在水里蹿来蹿去，抢一颗珠子。他觉得很有趣，便把泥鳅赶开，将那颗珠子捞了起来。

　　喜儿拎着一桶水，捏着一颗珠子，高高兴兴地往家里走。别的伢儿见他拾到个好玩的东西，就蹦呀跳呀奔过来抢着要

看，喜儿只怕别人拿走珠子不还他，就把珠子紧紧捏在手心里，举得老高老高的。伢儿们哪里肯放，一声喊就拥上来抢，喜儿招架不了这许多人，忙把珠子含在嘴里。

伢儿们便拧他的脸蛋，掰他的嘴巴，还在胳肢窝里呵痒。喜儿想喊妈妈来解救，他把嘴巴一张，不料声音没喊出，那珠子却"咕嘟"吞进肚皮里去了。

喜儿吞下珠子，觉得很可惜。他回到家里，妈妈还没有烧好午饭。喜儿闲着没事，就解开书包，拿出笔墨砚瓦，放匙水，磨洼墨，正正经经地伏在桌子上描红字。

过一会儿，妈妈从灶下端出饭菜，不觉吓了一跳。她看见儿子面孔涨得发紫，眼睛像铜铃般地突了出来，头上生出丫丫叉叉的两只角，嘴巴咧到耳朵边上，喉咙里"呼隆，呼隆"地响得像打雷一般，身子也越变越长了。

原来喜儿吞进肚皮里去的是一颗龙珠呵！现在，他变成龙啦。

龙要有水才能飞腾呀！喜儿把头伏到砚瓦里，舔去刚才磨的一洼墨水，马上变成一条浑身墨黑墨黑的乌龙，"哗啦啦"一声响，冲出房屋，腾空飞了起来。

乌龙越飞越高，越飞越远，身子也越变越粗，越变越长，龙头钻进乌云里，挂下来的龙尾巴还在杨梅岭上。霎时间，乌云遮住了太阳，狂风呼呼地刮，雷声隆隆地响，暴雨哗哗地下，这条乌龙便吞云吐雾，一直朝东方飞去。

儿是爹娘的心头肉，怎能舍得喜儿远走高飞呵！老夫妻冒着狂风大雨，跌跌撞撞地奔出屋来，一面追赶，一面大声喊道：

"喜儿呀，回来哟！"

"喜儿呀，回来哟！"

爹喊一声，娘叫一声，一声接着一声，一声高过一声；乌龙听见爹娘喊他，就一叫一停一回头。爹喊了九声，娘叫了九声，乌龙总共停了十八停，回了十八次头。

这时候，他已经到了钱塘江的上空，慢慢下降，落进江里，顺江游到东海里去了。

乌龙尾巴九个瓣，在杨梅岭上拖过时，拖出了九道沟沟，沟沟里灌满了雨水，潺（chán）潺地流成九条溪；乌龙一路回了十八次头，他回头的地方积起十八个沙滩。那就是人们常说的

"九溪十八滩"，即"九溪十八涧"。

　　乌龙住在东海里，惦记着父母和乡邻，每年都要到家乡来行雨。人们也感念着乌龙，于是过去在杭州萧山靠钱塘江一带地方，曾流传过一种风俗：每年清明节前后，落头一阵雷阵雨的时候，家家户户都要在镬灶洞里烧一捧柴草，从烟囱里冒一股黑烟上去，让乌龙认认这就是他自己的家乡。

钱江潮

原先钱塘江的潮水来时，跟其他各地的潮水一样，既没有潮头，也没有声音的。

有一年，钱塘江边来了一个巨人，这个巨人真高大，一迈步就从江这边跨到江那边了。他住在萧山县境内的蜀山上，引火烧盐。人们不晓得他叫什么名字，因为他住在钱塘江边，就叫他为"钱大王"。

钱大王力气很大，他扛着自己的那条铁扁担，常常挑些大石块来放在江边，过不多久，就堆成了一座一座的山。

一天，钱大王去挑自己在蜀山上烧了三年零三个月的白盐。可是，这些盐只够他装扁担的一头，因此他在扁担的另一头系上块大石，放上肩去试试正好，就担起来，跨到江北岸来了。

这时候，天气热，钱大王因为才吃过午饭，有些累啦，就放下担子歇歇，没想到竟然打起瞌睡来。

正巧，东海龙王这时出来巡江，潮水涨了起来。涨呀涨的，涨呀涨的，竟涨上了岸，把钱大王挑的盐慢慢都溶化了。

东海龙王闻闻，这水怎么这样咸呀？而且愈来愈咸，愈来愈咸哩，他受不了，反身就逃，没想逃到海洋里，把整个汪洋大海的水都弄咸啦。

这位钱大王呢，睡了一觉，两眼一睁，看见扁担一头的石头还放在硖（xiá）石（就是现在有名的硖石山），而另一头的盐却没有啦！

钱大王找来找去，找不着盐，一低头，闻到江水里有咸味，他想：哦，怪不得盐没啦，原来被东海龙王偷去了。于是，钱大王举起扁担就打江水。

一扁担打得江水里面大大小小的鱼儿都被震死了，两扁担打得江底的水翻了身，三扁担打得东海龙王冒出水面求饶命。

东海龙王战战兢兢地问钱大王，究竟是什么事惹他发了这么大的脾气。钱大王气得圆睁两眼，大

声喝道："该死的龙王！你把我的盐偷到什么地方去啦？"

东海龙王这才明白海水变咸的原因。他连忙赔了罪，就把自己怎样巡江，怎样把钱大王的盐无意中溶化了，使得海洋的水也咸起来的事情，一一说了。

钱大王听了好气恼呀，真想举起铁扁担，一下把东海龙王砸个稀巴烂才甘心。东海龙王慌得连连叩头求饶，并答应用海水晒出盐来赔偿钱大王；以后涨潮的时候就叫起来，免得钱大王再睡着了听不见。

钱大王听听这两个条件还不错，便饶了东海龙王，把自己的扁担向杭州湾口一放，说道："以后潮水来时，得从这里叫起！"

东海龙王连连答应着，钱大王这才高高兴兴地走了。

从那个时候起，潮水一进杭州湾，就伸起脖子，"哗哗哗"地喊叫着，涨到钱大王坐过的地方，脖子伸得顶高，叫得顶响。这个地方就是如今的海宁。

举世闻名的"钱江潮"就是这样来的。

八卦田

　　爬上玉皇山半山腰的紫来洞，往下望去，就可以望见山下有块八卦田。八卦田齐齐整整八只角，把田分成八丘。八丘田上种着八种不同的庄稼。一年四季，八种庄稼呈现出八种不同的颜色。在八丘田当中，有个圆圆的土墩，那就是半阴半阳的一个太极图。

　　传说，这八卦田是南宋年间开辟的籍田。

　　那年，南宋那个没出息的皇帝丢掉了汴梁京城，带着一大群皇亲国戚、文武百官，逃到了杭州，他们看看西湖这块地方风景好，便留下来，在凤凰山脚下建造起宫殿和花苑，仍旧是吃喝玩乐，过着豪华糜烂的生活。

　　杭州的老百姓，见皇帝这样昏庸无道，都大为不满，街头巷尾议论纷纷。风声一传两传，传到皇帝的耳朵里。皇帝怕老百姓要作乱，心里有点慌，便召集文武百官来商量。

文武百官商量来商量去，一时想不出一个应付的办法。

后来，有个文官想出一个主意来，他说："皇上呀，百姓的风言风语，无非是怨宫廷里生活过得太舒服。只要皇上开辟一块籍田，说是亲自领头耕种呢，老百姓知道后，就会心服口服了。"

皇帝听听有道理，立刻发下一道圣旨说："寡人深知民间疾苦，甚为不安。今后开辟籍田躬耕，当与庶民共尝甘苦……"

没几天工夫，在玉皇山下，果然开出来一块籍田。籍田四周，齐齐整整地打下八个大桩，竖起八根粗柱子，柱子与柱子之间，围起一道厚厚的牛皮帷幕，规定皇帝在里面耕田种地，平民百姓不许观看。

过了一些日子，籍田开好了。里面共有八丘田，种着稻、麦、黍（shǔ）、稷（jì）、豆……八样庄稼。在八丘田当中，留着一个圆圆的土墩。老百姓知道皇帝也和他们同样耕田种地，议论也就慢慢少了下去。

到了庄稼该要锄草浇肥的季节，皇帝又要出宫来"躬耕籍田"。照例先出告示，昭告天下，然后在那八根粗柱子上，又张起了牛皮帷幕，方圆十里路上，都有御林军把住，不准老百姓走

近一步。

当时，有个种庄稼的老汉，他不相信皇帝真的会亲自耕田种地。这天他半夜三更起来，趁着天黑，悄悄避过御林军，三步一跌，五步一跤，爬上玉皇山，躲在半山腰上的紫来洞里。

等呀，等呀，慢慢地，天亮了，太阳升起来了，那老汉朝山下望望，老百姓都下田干活啦，可是在这牛皮帷幕之中还是空空的，没有一个人。

一直等到太阳升到三根竹竿高啦，才见有群人从皇宫里出来，到了玉皇山脚，走进牛皮帷幕里去了。不久，他看到有人锄草啦。老汉再睁大眼睛仔细一看，嗨！原来只是几个太监在那儿锄草，而皇帝和妃子们却坐在中间的土墩上饮酒取乐哩！

老汉见了憋着一肚皮闷气，好容易耐到天黑，仍旧悄悄地摸下山来。第二天，他就把自己亲眼看到的情形讲给人们听。从此，一传十，十传百，一下子全城老百姓都知道了。

皇帝见到自己的把戏已经被人戳穿，后来索性也不再去"躬耕籍田"了。但这一块齐齐整整的八卦田却一直保留了下来。

东坡肉

苏东坡在杭州做通判的辰光，疏浚（jùn）了西湖，替老百姓做了一件大好事。

西湖疏浚后，四周的田地就不怕涝也不愁旱了。这一年又风调雨顺，杭州四乡的庄稼得了个大丰收。老百姓感念苏东坡疏浚西湖的好处，到过年时，大家都抬猪担酒来给他拜年。

苏东坡无论如何推辞不掉，只好收下许多猪肉。他叫人把肉都切成方块，焖得红酥酥的，然后再按照疏浚西湖的民工花名册，每家一块，将肉分送给大家过年。

太平的年头，家家户户过得好快活！这辰光又见苏东坡差人送肉来，大家更高兴啦。老的笑，小的跳，人人都夸苏东坡是个贤明的父母官，把他送来的猪肉亲热地称呼为"东坡肉"。

那时，杭州有家大菜馆，菜馆老板见人们都夸说"东坡肉"，

就和厨师商量，把猪肉也照样切成方块，焖得红酥酥的，挂出牌子，上面写着"东坡肉"三个字。

这只新菜一出，那家菜馆的生意马上兴隆起来。从早到晚顾客不断，每天杀十头大肥猪还不够卖的呢。别的菜馆老板看得眼红，也都学着做起来，一时间，不论大小菜馆，家家都有"东坡肉"了。后来，经过同行公议，就把"东坡肉"定为杭州的第一道名菜。

苏东坡为人正直，不畏权贵，朝廷中有一班人本来就很恨他。这时见他得到杭州老百姓的爱戴，心里更不舒服。其中有个御史，就乔装改扮，到杭州来找岔子，存心要陷害苏东坡。

那御史到杭州的头一天，在一家菜馆里吃午饭。堂倌递上菜

单，请他点菜。他接过来一看，哟，头一道菜就是"东坡肉"！他皱起眉头想了想，不觉高兴得拍着桌子大声叫道："我就要这头一道菜！"

他吃过"东坡肉"，觉得味道倒真是不错，向堂倌一打听，知道"东坡肉"是同行公议的第一道名菜。于是，他就把杭州所有菜馆的菜单都收拢来，兴冲冲地赶回京去。

御史回到京城，马上就去见皇帝。他说："皇上呀，苏东坡在杭州做通判，贪赃枉法，把恶事都做绝啦！老百姓恨不得要吃他的肉哩。"

皇帝听了吃一惊，就问道："你怎么知道的呢？"

御史就把那一大叠沾满油腻的菜单呈了上去。皇帝本来就是个糊涂蛋，他看看菜单，哟，对呀，"东坡肉""东坡肉"……人人头一口就都想吃"东坡肉"，苏东坡是不好啊！于是皇帝不分青红皂白，立刻传下圣旨，将苏东坡革掉官职，远远地发配到海南去。

苏东坡走了以后，杭州的老百姓还是没忘掉他的好处，仍然像过去一样赞扬他。就这样，"东坡肉"也一代一代地传下来，直到今天，还是杭州的一道名菜哩。

龙井茶祖宗

早先，龙井是个荒凉的小村庄，在山坳（ào）坳里，稀稀拉拉地住着十来户人家。人们在远山上栽竹木，在近山上种六谷，一年到头累死累活的还吃不上一顿饱饭。

在村边有间透风漏雨的破茅屋，里面住着一个老大妈。老大妈没儿没女，孤苦伶仃一个人。她年纪大了，上不了山，下不了地，只能照管照管屋子后面的十八株老茶树。这些茶树还是她老伴在世的时候栽的，算起来也有几十年啦。老茶树缺工少肥，新叶出得很少，每年只能采上几斤老茶婆（即粗劣茶叶）。

老大妈是个好心肠的人，她宁愿自己日脚过得苦点，每年总要留下一些茶叶，天天烧镬茶水放着，还在门口凉棚下摆上两条板凳，给上山下岭的过往行人歇力时解渴。

这一年除夕，天落大雪，左邻右舍多少都办了点年货，准备过年。老大妈家里实在穷，米缸也快空啦，除了瓮里剩的几把老茶婆，别的什么也没有啦。但她仍旧照着老规矩，清早起来，抓把茶叶在镬里，发旺火，坐在灶前烧茶。这时，忽听"咿呀"一声，茅屋的门推开了，进来一个老头儿，身上落满雪花。老大妈忙站起身来招呼道："老大伯呀，这山上风雪大，快进屋里坐！"

老头儿掸掸身上的雪花，走进屋里，一面向灶洞烤火，一面跟老大妈搭开话："老大妈，你镬里烧的啥东西呀？"

老大妈说："烧的是茶哩！"

老头儿惊异地问道："今天除夕，明天就过年啦。人家都忙着氽（cuān）三牲福礼，你家怎么烧茶呢？"

老大妈叹口气，说道："嗳，我是个孤老太婆，穷呀！办不起三牲福礼供神，只好每天烧镬茶给过路人行个方便。"

老头儿听了哈哈大笑道："不穷，不穷，你门口还放着宝贝哩。"

老大妈听了很奇怪，伸出

头去向门外看看，仍旧是松毛搭的凉棚，底下两条旧板凳，还有墙角落头一只破石臼，破石臼里堆满了陈年垃圾——一切还是老样子。

老头儿走过来指指那只破石臼，说道："喏，这就是宝贝呵！"

老大妈只当老头儿跟她寻开心，就笑着说："一只破石臼也算宝贝？你喜欢，就把它搬走好啦。"

"哟，我怎么好白拿你的宝贝呢！把它卖给我吧，我这就去叫人来抬。"老头儿说完，就乐呵呵地冒着大雪走了。

老大妈望望破石臼，心想，石臼这么脏，叫人家怎么搬呀！她就把里面盛的陈年垃圾扒进畚箕里，埋到屋后那十八株老茶树的树根上。又到龙井拎来一桶清水，把破石臼洗刷得干干净净的，洗下来的污水也泼在老茶树的树根上。

她刚把破石臼弄清爽，那老头儿就带着人走来了。他到门口一看，不禁大声叫了起来："哎呀，宝贝呢？哎呀，宝贝呢？"

老大妈弄得糊涂了，指着破石臼说："这——这不是好好摆着吗？"

老头儿顿着脚说道："嗳，你把里面的东西弄到哪里去啦？"

老大妈说："我把它埋在屋后的老茶树根上了。"

老头儿绕到屋后一看，果然如此，不禁连连顿脚道："可惜，可惜，这破石臼的宝气就在那陈年垃圾上，你既然把它埋在茶树根下，那就成全这十八株老茶树吧。"说完话，就领着人走了。

过了除夕和新年，很快，春天又到了。

这年，老大妈屋子后面那十八株老茶树，竟然密密麻麻地爆出许许多多葱绿的嫩芽来。采下的茶叶，真是又细又嫩又香。

邻居见老大妈的茶树长得这样好，大家就砍掉竹木，收了六谷，用这十八株茶树的籽，在远远近近的山头上发起茶树来。一年一年，越发越多，越发越旺。到后来，龙井这一带漫山遍野都栽遍了茶树。

因为这地方出产的茶叶又细又嫩又香，泡出来的茶喝起来味道特别美，所以龙井茶便在各地出了名。

直到现在，茶农们都说，那老大妈屋后的十八株茶树，是龙井茶的祖宗哩。

画扇判案

　　苏东坡要到杭州来做通判。这个消息一传出，衙门前面每天挤满了人。老百姓都想看看苏东坡上任的红纸告示，听听苏东坡升堂的三声号炮……可是，大家伸着头颈盼了好多天，还没盼到。

　　这天，忽然有两个人，吵吵闹闹地扭到衙门里来，把那堂鼓擂得震天响，喊着要告状。衙役出来吆喝道："新老爷还没上任哩，要打官司过两天再来吧！"

　　那两个人正在火头上，也不管衙役拦阻，硬要闯进衙门里去。

　　这辰光，衙门照壁那边转出一头小毛驴来。毛驴上骑着一条大汉，头戴方巾，身穿道袍，紫铜色的面孔上长满络腮胡子，他嘴里说："让条路，让条路！我来迟啦，我来迟啦！"

小毛驴穿过人群，一直往衙门里走。衙役赶上去，想揪住毛驴尾巴，但来不及啦，那人已经闯到大堂上去了。

　　大汉把毛驴拴在廊柱上，几步跨上大堂，在正中的虎皮座上坐了下来。管衙门的二爷见他这副模样，还当是个疯子呢，就跑过去喊道："喂！这是老爷坐的呀，随便坐上去要杀头的哩！"

　　那大汉听了，哈哈大笑道："哦，有这样厉害呀！"

　　管衙门的二爷说："当然厉害！这座位要带金印子的人才能坐哩。"

　　"金印子呀，我也有一个。"那大汉从衣袋里摸出一颗亮闪闪的金印子，往案桌上一搁。管衙门的二爷见了，吓得舌头吐出三寸长，半天缩不进去。原来他就是新上任的通判苏东坡啊！

　　苏东坡没来得及贴告示，也没来得及放号炮，一进衙门便坐堂，叫衙役放那两个告状的人进来。他一拍惊堂木，问道：

“你们两个叫什么名字？谁是原告？”

两个人都跪在堂下直磕头。

一个说：“我是原告，叫李小乙。”

另一个说：“我叫洪阿毛。”

苏东坡问：“李小乙，你告洪阿毛什么状？”

李小乙回答说：“我帮工打杂积下十两银子，早两个月借给洪阿毛做本钱。我和他原是要好的邻居，讲明不收利息，但我什么时候要用，他就什么时候该还我。如今，我相中了一房媳妇，急等银子娶亲，他非但不还我银子，还打我哩！”

苏东坡转过身来问洪阿毛道：“你为啥欠债不还，还要打人？”

洪阿毛急忙磕头分辩道：“大老爷呀，我是赶时令做小本生意的，借他那十两银子，早在立夏前就买了扇子。想不到今年过了端午节天气还很凉，人家身上都穿夹袍，谁来买我的扇子呀！这几天又接连阴雨，扇子放在箱里都霉坏啦。我是实在没有银子还债呀。他就骂我、揪我，我一时在火头上打了他一拳，可不是存心打他的呢！”

苏东坡听了，在堂上皱皱眉头，说道：“李小乙娶亲要紧，洪阿毛应该马上还他十两银子。"

洪阿毛一听，在堂下叫起苦来，说道："大老爷呀，我可是实在没有银子还债呀！"

苏东坡在堂上捋捋胡须，说道："洪阿毛做生意蚀了本，也实在很为难。李小乙娶亲的银子还得另想办法呵。"

李小乙一听，在堂下叫起屈来，说道："大老爷呀，我辛辛苦苦积下这十两银子可不容易呀！"

苏东坡笑了笑，说道："你们不用着急，现在洪阿毛马上回家去拿二十把发霉的折扇给我，这场官司就算是两清了。"

洪阿毛高兴极啦，急忙磕个头，爬起身来，一溜烟地奔回家去，赶忙抱来二十把白折扇交给苏东坡。

苏东坡将折扇一把一把打开来，摊在案桌上，磨浓墨，蘸饱笔，挑那霉印子大块的，画成假山盆景；拣那霉印子小点的，画成松竹梅"岁寒三友"。有的斑斑点点实在多的，就题上诗词，一歇歇辰光，二十把折扇全都写好画好了。他拿十把折扇给李小乙，对他说："你娶亲的十两银子就在这十把折扇上了。你把它拿到衙门口去，喊'苏东坡画的画，一两银子买一把'，马上就能卖掉。"

苏东坡又拿十把折扇给洪阿毛，对他说："你拿这十把折扇到衙门口去卖，卖得十两银子当本钱，去另做生意。"

两个人磕了头，道了谢，接过扇子，心里似信非信，谁知刚刚跑到衙门口，只喊了两声，二十把折扇就被一抢而空了。李小乙和洪阿毛每人捧着十两白花花的银子，各自欢天喜地回家去了。

苏东坡"画扇判案"的事，一下就在民间传开了。

原先，杭州的纸扇只有黑纸扇和白纸扇两种，自从东坡画扇之后，人们也学起来，有的描花鸟，有的描人物，有的描山水，有的写诗题词……把扇面装点得很好看。因为这一种有画有字的"杭扇"既可以取凉，又可以观赏，很受顾客欢迎，所以从北宋一直流传到现在。

徐飞
搜集整理

康熙题匾

　　康熙皇帝下江南，来到了杭州。他在西湖四周到处游山玩水，吟诗题字，自称是个风雅的皇帝。

　　一天，他要到灵隐来耍子儿了。

　　灵隐寺里的老和尚得知消息，真是又惊又喜，连忙撞钟击鼓，把全寺三百多个和尚都召集拢来。和尚们披起崭新的袈裟，头顶檀香，手敲法器，嘴里念着"南无阿弥陀佛"，大家跟着老和尚，赶到一里路外的石莲亭，把康熙皇帝接到灵隐寺来。

　　老和尚陪着康熙皇帝，在寺前寺后、山上山下游玩一番。康熙皇帝见到灵隐有高高的山峰，清清的泉水，山上长满绿莹莹的树，地下开遍红艳艳的花，真是一个好地方呵！他心里一高兴，就吩咐人在寺里摆酒用膳，想多耍子儿一会儿。

　　皇帝摆下酒席，可热闹啦！吹的吹，弹的弹，唱的唱，一时

间，这个佛门净地，竟然变成了帝王之家！康熙皇帝一手拈着山羊胡须，一手捧着酒盏，又灌黄汤又吟诗。

老和尚早听说过康熙皇帝喜欢吟诗题字。这时见他那摇头晃脑的样子，便悄悄跑过去找个跟随康熙皇帝的地方官商量道："大人老爷呀，我想求求皇上给我们山寺题一块匾额，你看能不能呀？"

杭州知府听了听，点点头说："才好哩，如果皇上给灵隐寺题了匾额，连我杭州府也都沾了光啦！"

钱塘县官也接上来说："皇上酒兴正浓呢，你这辰光去求他题匾，我看一定能答应。"

老和尚心里落了实，就壮壮胆子，走到康熙皇帝面前跪下去磕头，说道："皇上呀，看在灵隐寺大菩萨的面上，替山寺题块匾额，也让我们风光风光吧！"

老和尚这一请求，正好搔着了康熙皇帝的痒处。他点了点头，忙吩咐手下人摆好纸笔，抓起笔"唰唰"几下，就写起一个歪歪斜斜的"雨"字。这辰光，他差不多快喝醉啦，手腕有点发颤，落笔又太快了些，这个"雨"字竟占了大半张纸！灵隐寺的"灵"字，按老写法，在"雨"下面还有三个"口"和一个"巫"，是个"靈"字呵！现在只剩下这小半张纸的地方，随你怎样也摆不下了。重新写一个吧，那多么丢脸呀！康熙皇帝一只手抓着笔，一只手不住地捋他那撮山羊胡须，可是一点办法也没有。围在旁边的官儿们，明知道康熙皇帝下不了台，但是谁也不

雲林禅寺

敢明说，只是站在旁边干着急。

还好，有个大学士名叫高江村的，却想出了一个办法，他先在自己手掌心写了"雲林"两个字，装作去磨墨的样子，挨近康熙皇帝身边，偷偷地朝着康熙皇帝摊开手掌。康熙皇帝一看，哎呀，这两个字真是救命菩萨呢！欢喜得连酒也醒了一半，就连忙写下了"雲林禅寺"四个大字。写完，把手一扬，将毛笔抛出老远。

老和尚过来张张，不对呀！"靈隐寺"怎么写成"雲林禅寺"呢？他也不看看风色，就结结巴巴地问："我们这里叫作'灵隐寺'，不叫'云林寺'呀！是不是皇上落笔错啦？"

康熙皇帝听了，把眼睛一瞪，喝道："放屁！"老和尚哪里还敢再开口，只好恭恭敬敬地立在旁边了。康熙皇帝回过头来，问官儿们："这地方天上有云，地下有林，你们说说，把它叫作'云林寺'好不好？""好呀，好呀，皇上圣明！"……听官儿们七嘴八舌地奉承他，康熙皇帝乐得哈哈大笑，便吩咐快把匾额雕起来。

皇帝一句话，官儿们就忙开啦。他们一面叫人将灵隐寺原来的匾额换下来，一面找来雕花匠，把康熙皇帝写的"雲林禅寺"四个大字雕在红木匾上，贴金底，黑漆字，边上镶了二龙戏珠，当场挂到山门上。

从此以后，灵隐寺就挂着稀奇古怪的"雲林禅寺"大匾额。但是，杭州的老百姓并不买他的账，尽管"雲林禅寺"这块匾额一直挂了三百多年，大家却仍然称呼这儿为"灵隐寺"。

济颠匿池

　　这一年，杭州出现了虎跑泉。那泉水清亮晶莹，尝起来无比甘美，可说是天下少有的哩！老虎跑来用爪子刨刨竟刨出这样好的一潭水，成了奇闻。人们越讲越神奇，不久连朝廷里也知道了。皇帝说，这是天降祥瑞啊！于是派人到那儿兴建了一座山寺，就叫"虎跑寺"。

　　虎跑寺有前大殿，后大殿，两旁有偏殿。虎跑泉就坐落在左偏殿前面。正殿前方的山门内，有两口荷花池。荷花池蓄满清清的泉水，就像老虎的两只吊睛大眼，闪闪发光。池周青石上，经过名匠精雕细琢，使这两座池的气势更加雄壮。

　　虎跑寺落成那天，男女老少一群进，一群出，人多极啦。济颠和尚摇着破蒲扇，也来赶热闹。

　　这一天，有财有势的香客纷纷到荷花池来放生。恶人发善心，装得倒蛮像。一时间，荷花池旁围满了人。

开头放生的是巡抚夫人，她把一条金鲤鱼放下池去，只听"唰"的一声响，金鲤鱼打一个旋儿，尾巴一摇，钻进水底；接着是知府的小姐放下一只大鳖，那只鳖在水面上打几个圈子，一转身，便贴水"嗒嗒嗒"游过去，躲到荷叶下边去了……就这样，一条接一只，一只接一条，一放放下去三四十样东西。看的人都哄笑叫喊，放生的人也得意扬扬。

这辰光，有一个老婆婆，手里拎着一只篮子，盛着半篮螺蛳，路过虎跑寺，听到里面的喧哗声，就进去看看。但是人太多啦，东轧轧，轧不进；西挤挤，挤不进。一班游手好闲的公子哥儿，见一个衣衫褴褛的穷婆子在挤来轧去，都嚷起来。

有的说："喂喂喂，这里是放生池知道哦？你不要走错了路！"

有的说："你拿这鱼不鱼、蟹不蟹的东西来放生，用不着！赶快给我拎回去！"

有一个走上来，一伸手把老婆婆篮里的螺蛳捞出两个，眯起眼睛仔细看了看，哈，是夹掉尾巴的螺蛳呵！马上编出顺口溜唱起来：

稀奇稀奇真稀奇，

螺蛳有头没有尾，

这种东西好放生，

瓦爿石子多着呢！

老婆婆一见这样，气愤地说："我又不是来放生的！不过你们也太不讲理，好像这荷花池只有富人放得，穷人就放不得！"

那几个公子哥儿一听，就跳起来，骂道："讨饭婆就是不配在荷花池里放生！"

于是那班人就跟着起哄。其中有一个赶过来一把夺住老婆婆的篮子，要把篮里的螺蛳倒掉踏碎。

这时，突然圈子外面有人大声叫喊起来："不许欺侮人，不许欺侮人！"人们一看，呀，济颠和尚来了。

只见他挤到夺篮子那人身旁，用破扇轻轻一隔，隔开那人的手，一手护住老婆婆，一手扬扬破扇说："喂！你们在这里耍什么威风？荷花池是放生的，不是比富的！若是为了比富，还要这荷花池何用？老婆婆没有说错，你们就是爱富欺贫，没事寻事。哼，

大概是有人觉得太冷清了，那么要寻热闹的就跟我济颠来吧！"

公子哥儿们听济颠大声大气地在斥责他们，大不乐意，便围了上来。为头的一个冲着济颠道："济颠，今天虎跑寺开光，有热闹我们哥弟为什么不寻？要你来疯什么！"

另一个拨拨济颠的破扇边儿，也搭上来说："济颠呀，听说你这东西有点小法术儿，不知是真是假？"

济颠说："假的怎么样？真的又怎么样？"

为头的一个说："真的也勿买账！假的嘛——哼，今天我哥弟们都在这里，就有热闹好看啦！"

济颠"哧"的一声笑，说道："不过我劝你们还是规矩点，千万莫碰我这把破扇子，它是不生眼睛的！要看热闹容易，今天趁虎跑寺开光，喏，我的法术儿就要在荷花池见分晓了！"

说完，济颠就用破扇指指荷花池，念道：

一会儿来，
一会儿往；
一会儿满，
一会儿荒。

世态本无常。

说什么，螺儿瘦来鱼儿胖，

说什么，尾巴短来尾巴长？

不须叫，不须嚷，

荷花池不当势利场！

莫道今朝风光，

且看来日清爽——

笑你空忙！

念毕，马上转过头对老婆婆说："阿婆阿婆，这荷花池已浑浊不堪，还不如没有的好！你的半篮螺蛳，我替你找个干净的地方去。"不容分说，一把夺过篮子，拉着老婆婆就跑。

许多在荷花池旁边看热闹的人，觉得济颠这和尚很有趣，便跟了去看看他到底要把螺蛳放到哪里。公子哥儿们不肯罢休，一声呼唤，都跟在后面。

济颠拉着老婆婆奔出山门，来到山脚下的小水沟边站住啦。人们都围拢来。只见济颠拿起篮子，把篮子里的螺蛳簸了几簸，"唰啦"一声响，统统倒进小水沟里去了。

济颠把篮子还给老婆婆，笑道："阿婆阿婆，螺蛳倒在这沟里不会错！你是好心人，不要去理睬那班装腔作势的人吧！"

公子哥儿们听听像是在骂他们，又都火了起来，捋捋袖子要上去缠住济颠，却见济颠跃到沟边一块岩石上，将手里的破扇，向山门那边一招，叫声："落，落，落！"

这里人感到勿明勿白，正糊涂着呢！忽听荷花池那边人喊起来："哎呀呀！不好啦，不好啦，荷花池水缺掉一半啦！"

这时济颠又转过头来，把破扇向小水沟一招，叫声："涨，涨，涨！"

霎时间，小水沟的水便涨起了一半。

大家见到济颠竟有这样大的本领，惊异极啦！那一班来寻事的公子哥儿，这才知道济颠的厉害，吐吐舌头，一个个闷声不响地溜掉了。

打从这天起，虎跑荷花池里水越来越少，越来越少，到后来，只留下浅浅的一点点儿。那些富贵人家放下去的鱼鳖都养不牢，从此就没有人来放生了。而那山脚下小水沟里的水，流呀流，流呀流，水声淙淙，终年不停。

直到现在，在虎跑寺前那条小涧里，人们还能找得到许多没有尾巴的螺蛳。相传这就是当年济颠倒在小涧里的螺蛳，一代一代活下来的哩。

和尚戏乾隆

当年乾隆皇帝游江南，其实并不是真心游山玩水，他只怕江南百姓造反，特意借个游山玩水的名义，到江南来探听消息，察看虚实。

那时，杭州南屏山净慈寺里有个得道的半仙，叫"诋毁和尚"，这和尚不讲究诵经打坐，专喜欢议论天下大事。要讲便讲，要骂便骂，毫无顾忌。只因他讲得有理，骂得有趣，所以老百姓都喜欢亲近他。

乾隆皇帝到了杭州，听说有这么个和尚，他眉头就打起个疙瘩，心想：这和尚取这么个怪名号，必定是个隐迹山林的明朝遗老，不守本分的人吧。我倒要去听听这和尚到底"诋毁"些什么。于是，他便换上一身蓝衫，拿一把描金折扇，打扮成一个秀才模样，一摇一摆地去游净慈寺，指名要会会诋毁和尚。

诋毁和尚从寺里出来，乾隆皇帝见了他，便问道："老师父就是诋毁和尚吗？"

诋毁和尚回答说："不错，我就是诋毁和尚，诋毁和尚便是我。"

乾隆皇帝又问："老师父是从小出家的呢，还是半路出家的呢？"

诋毁和尚说："我么，是半路出家的。秀才问我这些做啥？"

乾隆皇帝没得话讲了，眼珠一转，看见和尚身上那件千补百衲的破袈裟，便说："听说老师父是个有德行的高僧，为啥穿这丝瓜筋一般的破衣衫呀？"

诋毁和尚笑道："我年轻的时候，也穿过锦绣的衣衫哩！后来那锦绣衣衫被野狗撕碎了，我就做了和尚，穿起这破麻布的袈裟来啦！不过我穿的虽然破烂，心术可是正的。不比那些着官服的老爷，看起来富丽堂皇，暗地里却男盗女娼呢！"

乾隆皇帝当头挨了一闷棍，又发作不出来，心里恨呵，一想：这诋毁和尚，果然名不虚传！总得找个岔子，好狠狠办他罪。他肚皮里打着恶算盘，面孔上却堆起假笑，叫诋毁和尚领他进寺去耍子儿。

他们进了净慈寺山门，见旁边有人在劈毛竹做香篮。乾隆皇帝眼珠一转，随手拾起一块劈开的毛竹爿，把青的一面朝着诋毁和尚，问道："老师父，这个你们叫什么呀？"

诋毁和尚说："这个叫竹皮。"

乾隆皇帝把毛竹爿掉转个面，将白的一面朝着诋毁和尚，又问："老师父，这个又叫什么呢？"

诋毁和尚道："这个么，我们叫它竹肉。"

乾隆皇帝皱起眉头苦笑道："好个新鲜的名称哪！"诋毁和尚听了，打个哈哈说："老客人呀，如今这世道变啦，名称也得跟着变哩！"

乾隆皇帝吃瘪了，只好闷声不响。原来当时乾隆正在大兴文字狱，专门找岔子杀人。如果诋毁和尚照着老称呼，把毛竹爿青的一面叫篾青，把白的一面叫篾黄，就会被乾隆皇帝抓住小辫子，诬陷他要"灭清""灭皇"，杀他的头。乾隆皇帝拿毛竹爿问诋毁和尚，就是想找他这个岔子的。

乾隆皇帝进了大雄宝殿去拜过如来，又到罗汉堂看了佛像。最后，他们来到香积厨。香积厨就是寺院里的伙房。乾隆皇帝东张西望，见灶下放着一担豆芽菜。偏巧这时跑过来一条小狗，扯起后腿在豆芽菜上撒了一泡尿。乾隆皇帝看在眼里，就问道："老师父，这豆芽菜算不算干净的东西呀？"

诋毁和尚说："豆芽菜水中生，水中长，当然是最干净的东西啦！"

乾隆皇帝从鼻孔里哼了一声，说道："有狗尿浇在上面，怎么还说它是干净的呢？"

诋毁和尚哈哈大笑道："俗话说，眼不见为净，耳不听为真。你看见只当不看见，岂不就干净了吗？这点小事，何必如此认真呢！譬如有的人，日日夜夜挨天下百姓咒骂，但他却装作没听见，还厚着脸皮自吹自擂，说自己是圣人哩！"

乾隆皇帝听了这话语，气得火冒三丈，但怕暴露身份，又不好发作。

这时，猛听得香积厨后门外有个小贩在高声叫卖："茶叶蛋要哦？——茶叶蛋啰！"他灵机一动，就改口问道："老师父，你们吃荤还是吃素？"

诋毁和尚回答说："净慈寺是海内闻名的大寺院，清规很严，当然吃净素，不茹荤腥。"

乾隆皇帝嘴里一面说着"好，好"，一面开开后门，把小贩叫过来，买下两只茶叶蛋，送给诋毁和尚吃。他想：这鸡蛋要说荤就荤，要说素就素。如果你说是荤的不肯吃，它却是没有血的东西；倘若你说是素的吃了，它却能孵出小鸡来。吃也罢，不吃也罢，怎么也得给你安个欺君之罪！

哪知诋毁和尚却不慌不忙地接过茶叶蛋，也不剥壳，"咕嘟，咕嘟"一口一个囫囵吞进肚皮里去了。乾隆皇帝正想发作，诋毁和尚却念出一首偈（jì）语来：

混沌乾坤一壳包，

也无皮骨也无毛，

贫僧度尔西天去，

免在人间受一刀。

念毕，张开嘴巴，"哇，哇"两声，吐出一对小鸡来，停歇在他手掌上。转眼工夫，这对小鸡就变成了羽毛丰满的大鸡，一只公，一只母。它们"喔喔喔""咯咯咯"地啼叫了几声，"哗"的一声响，飞上一座山头去，不见了。

乾隆皇帝惊得目瞪口呆，看看这和尚非同小可，惹他不起，就灰溜溜地从后门溜走了。

蚕花娘子

蚕花娘子的家原先是住在半山的沟沟里的。

早年间，杭州里佛桥这个地方有一个聪明能干的小姑娘，名叫阿巧。阿巧九岁时，娘死了，丢下她和一个四岁的小弟弟。爹没法料理，又讨了一个后娘。这个后娘呀，却长了颗蝎子的心，对阿巧姐弟又打又骂，可凶哩！

这年深冬腊月，有一天，后娘叫阿巧背着竹筐，冒着北风出去割羊草。

在这天寒地冻的时候，哪里还有青草呀！

阿巧从早晨跑到黄昏，从河边找到山腰，一丝嫩草也没有找到。她又冷又怕，就坐在半山腰上呜呜地哭了起来。哭着哭着，突然听到头顶上有一个声音说：

要割青草，半山沟沟！

要割青草，半山沟沟！

　　阿巧抬起头来，见一只白头颈鸟儿，扑棱棱地向山沟里飞去啦。她就站起身，擦干眼泪，跟着白头颈鸟儿跑去。拐个弯，那白头颈鸟儿一下不见了。但见山沟上挺立着一株老松树，青葱葱的像把大伞，罩住了沟口。阿巧拨开树枝，绕过松树，忽地眼前一亮，看见一条弯弯曲曲的小溪淙淙地流着。小溪岸边花红草绿，美得像座春天的花园。

　　阿巧见着青草，就像拾到宝贝一样地欢喜，赶忙蹲下身子就去割起来。她边割边走，越走越远，不知不觉之间，已经走到小溪的尽头了。

　　她割满一竹筐青草，站起来揩揩额角上的汗珠，却见前面不远的地方，有个穿白衣系白裙的姑姑，手里拎着一只细篾编的篮子，正在向她招手哩。那白衣姑姑笑嘻嘻地对阿巧说道："小姑娘，真是稀客呀，到我们家里来住几天吧！"

　　阿巧抬头望去，眼前又是另一个世界：半山腰上有一排整齐的屋子，白粉墙、白盖瓦；屋前是一片矮树林，树叶绿油油的比巴掌还大；还有许多白衣姑姑，一个个都拎着细篾篮子，一边笑，一边唱，在矮树林里采那鲜嫩的树叶。

阿巧见了很高兴，就在这里住下来啦。

从此以后，阿巧就跟白衣姑姑们一起，白天在矮树林里采摘嫩叶，夜晚用树叶喂着一种雪白的小虫儿。慢慢地，小虫儿长大了，吐出丝来结成一个个雪白雪白的花生果儿。白衣姑姑就教阿巧怎样将这些雪白雪白的花生果儿抽成油光晶亮的丝线，又怎样用树籽儿把丝线染上颜色：青籽儿染蓝丝线，红籽儿染赤丝线，黄籽儿染金丝线……白衣姑姑还告诉阿巧：这五光十色的丝线，是给天帝绣龙衣、给织女织云锦的。

阿巧住在山沟沟里，和白衣姑姑们一起采桑叶，一起喂天虫，一起抽丝线，日子过得很快活，一晃就三个月过去了。

这天，阿巧忽然想起了弟弟。心想，叫弟弟也到这里来过过好日子吧！第二天天刚亮，她来不及告诉白衣姑姑，就顾自跑回家去了。临走的时候，阿巧还带走了一张撒满天虫卵的白纸，另外又装了两袋桑树籽，一路走，一路丢，心里想：明天照着桑树籽走回来好啦。

阿巧回到家里一看，爹已经老了，弟弟也长成小伙子啦！爹

见阿巧回来了，又高兴又难过地问："阿巧呀，你怎么去了十五年才回来？这些年你都在哪里呀？"

阿巧听了大吃一惊，就把怎样上山，怎样遇见白衣姑姑的经过告诉了她爹。左邻右舍知道了，都跑来看她，说她是遇上仙人啦。

第二天一早，阿巧想回到山沟沟去看看。刚跨出门，抬头望见沿路有一道绿油油的矮树林，原来她丢下的桑树籽，都长成了树。她沿着树林，一直走到山沟沟里。山沟口那株老松树，还是像把伞一样地罩着，再进去就找不到路了。

阿巧正在对着老松树发呆，忽见那只白头颈鸟儿又从老松树背后飞了出来，叫着：

阿巧偷宝！

阿巧偷宝！

阿巧这才想起临走的时候，没有和白衣姑姑说一声，还拿了一张天虫卵和两袋桑树籽，一定是白衣姑姑生了气，把路隐掉不让她再去了。于是，她回到家里，把天虫卵孵化成虫，又采来许多嫩桑叶喂养它们，在家里养起天虫来。

打从这个时候开始，人间才有了天虫。后来人们将"天虫"二字并在一起，把它叫作"蚕"。

据说，阿巧在半山沟沟里遇见的白衣姑姑，就是专门掌管养蚕的蚕花娘娘哩。

养蚕是从杭州里佛桥一带开始的。不久，便传到了邻近的县，许多农村家家户户都育桑养蚕。因此，浙江的"下三府"（指杭、嘉、湖三个地区），很早就成了全国著名的产蚕丝的地方。

张小泉打乌蛇

这一年，铁匠张小泉因为在家乡得罪了一个大恶霸，在家里站不牢脚，于是带着三个儿子，挑起铁匠担，到杭州谋生。

张小泉家几代都是铁匠，他十六岁就学会了祖传的手艺，接过了阿爸的大锤。因为他心灵手巧，自己又在熔、炼、锻、打各方面想了许多巧法儿，所以打铁的本领比他阿爸还高出一头。

张小泉不但打铁的技艺高，而且还有个好水性呢。原来他姆妈怀孕到十个月时，有一次在泉边洗衣，不知不觉地生下了他，不小心还把他掉进水里，因为这样，便给他起个名字叫"张小泉"。说也奇怪，他从此就与水结上了缘，两岁三岁溪上爬，四岁五岁河里游，到了十多岁，钻在水底下，可以几个钟头不上来，简直成为水葫芦啦。

张小泉父子一到杭州，便在大井巷搭个草棚棚，开起了打铁铺。

　　大井巷在城隍山脚下，是一个热闹的去处。人们见新开了一个打铁铺，打铁匠对顾客又很殷勤，打出的器物式样也不错，因此都乐意来光顾。过些时候，大家还发现：他铸的犁，耕田特别快当；他打的锄，开地无比轻巧；他制的刀，既不会缺口，又不会倒锋。人们不由惊叹道："嗨，张小泉真是个了不起的铁匠哩！"但是张小泉更有一手出色的水底功夫，这就很少有人知道了。

　　离张小泉打铁铺不远处有口井，井大水深，很清凉，被称为"吴山第一泉"。附近大街小巷的人家，都吃这口井里的水。这一天清早，人们从四面八方到大井里来挑水，张小泉的大儿子也担着水桶挤在人群里面。抢在头里的人吊起第一桶水，一看，又黑又浑，有股腥臭味直冲鼻子。他不相信，倒掉水，再吊一桶，嗨，又是这个样子！大家奇怪了：昨天井水还是清清爽爽的，怎么一夜工夫就变了呢？

这时候，人们便把一位住在大井近旁的老公公请出来，问问他到底是啥缘故。老公公已有一百多岁，他捋捋胡须说："乡亲们，说起来年数也多了，那辰光我还是个小伢儿呢。有一次听老辈人讲起，这大井是通钱塘江的，钱塘江上面有两条乌蛇，每隔一千年下来一次，总爱钻到这口清凉的大井里来生小乌蛇。乌蛇嘴里吐出毒涎（xián）来，就会把井水弄脏。现在井水忽然变黑，说不定就是这乌蛇来了。"

大家听了忙问道："那乌蛇什么时候才能走呀？"

老公公说："这就难讲了。据说一千年前那次乌蛇过来，足足赖了半年哩！"

人们一听这样，都发起愁来。眼望着这口深不见底的水井，有谁能赶得跑这两个古怪的畜生呢！大家你看看我，我看看你，一点办法也没有。

张小泉在家里等了好久，不见大儿子挑水回来，以为在井边看什么热闹啦，就挤进人群里来找他。大儿子见阿爸过来，便把事情的前前后后讲了，张小泉想了一会，笑笑说："好呀，我也有好几年不下水啦。既然井里有这样的稀奇东西，那我倒非要去看一看不可了！"

张小泉这话一说，人们担心事了：难道他就这样下去吗？下去后还能不能回来呀？……但是多年来大家摸熟张小泉有个犟脾气：他说出的话，必定要做到；他要做的事，就是皇帝老子也阻止不住。这有什么办法呢？人们只好眼巴巴地望着他……

果然，张小泉真的干啦。他先拉过一个邻居说："拜托你到酒店给我买两坛老酒来。"接着又拉过一个邻居说："麻烦你到药铺给我买两斤雄黄来。"邻居都照办了，很快买来了老酒和雄黄。

张小泉见东西已经买到，一面吩咐大儿子快去把大锤拿来，

一面将两斤雄黄倒进两坛老酒里去，顺手捧起一坛，"咕嘟咕嘟"一口气喝进肚子里，解开纽扣，脱下衣裳，露出紫红色的身子。人们只见他前胸、后背、胳膊、大腿，全是鼓鼓突突的筋肉，结实极啦。这辰光，张小泉见大儿子背着大锤来了，于是捧起另一坛酒，往自己头顶上一倒，"哗啦"一声响，雄黄酒从他头顶一直淋到脚跟。张小泉一把夺过儿子手中的大锤，走上几步，"扑通"一声，就跳进大井里去啦。等张小泉一下去，人们便议论开啦。有人埋怨张小泉大儿子道："他脾气怪，我们旁人难说话。你是他的亲儿子，为什么不劝他一劝呢？这一去怎么得了！"

张小泉儿子笑笑，说声"不要紧的"，便把他阿爸的水底功夫如此这般一讲，大家才放下心来，于是一起商量，分班换人，在井口守着。

再说张小泉一落到井里，倒并不觉得怎样难受，因为他喝了雄黄酒，淋了雄黄酒，就不怕乌蛇的毒涎了。他只感到自己的身子慢慢往下沉，浑身凉兮兮的，越往下沉，井水就越凉，过了好些工夫，才沉到井底。他睁开眼睛看看，嗨，井底宽阔得很哩！他朝东找找，没发现什么；朝西找找，也没发现什么。后来找到北边的井底，终于在暗角落头找着了这两条黑得发亮的乌蛇，有

手臂那么粗，颈交颈地盘绕在那里。张小泉眼明手快，不等两条乌蛇分开就挥起大锤敲过去，"咣当，咣当，咣当！"一连三锤，锤锤都砸在两条乌蛇相交着的七寸上。两条乌蛇的头颈被砸得扁扁的，贴在一处，颤着尾巴死啦。张小泉砸死了乌蛇，便一手提着大锤，一手拎着蛇尾，慢慢地浮到水面上来。

当张小泉的头钻出水面的时候，已经是后半天啦。守在井边的人们一见，个个高兴得跳起来，赶紧放绳索下去，一把一把将他拉上来。张小泉爬出井圈，就把两条乌蛇往地上一摔，只听得"当啷啷"一声响，把人们吓了一大跳。原来这两条乌蛇修炼了几千年，早已炼成钢筋铁骨的了，要不是交在一起，张小泉恐怕一下子还不好收拾它们哩！

除掉了乌蛇，大井里的水又变得清凉清凉的啦，人们都很感谢张小泉，说他是个"奇人"。

张小泉把两条稀奇古怪的乌蛇拖回家里，看看又想想，想想又看看，看了三天，想了三夜，忽然想到可做件东西，便在纸上画出个图样来。父子四个就照着图上的样子，在蛇颈相交的地方安上一枚钉子，把蛇尾巴弯过来做成把手，又将蛇颈上面的一段敲扁，锉出口，磨得锋快锋快。这样一来，就制造出一把很大很大的剪刀来啦。他们就用这把大剪刀剪布，不论直剪横剪，都很灵活。于是照着这把大剪刀的式样，又打造出许多小的剪刀来。

在这以前，人们是不知道用剪刀的，裁衣得用刀子划，断线要拿刀子割，可气闷啦。自从张小泉制造出剪刀以后，大家要裁就裁，要剪就剪，才方便呢。因此，用剪刀的人便越来越多。

张小泉连儿子只四个人，生活哪里来得及做呢！便收来一批徒弟，但还是忙不过来。后来，他索性将那把大剪刀在铁匠铺门口一挂，当作货样，不卖别的铁器，专卖剪刀。——张小泉剪刀的名气就这样传遍杭州，传遍全国。

过了好些年，张小泉去世了。三个儿子计议一下，便分了家。三兄弟开起了三个铁匠铺。他们都觉得用阿爸的名字招牌硬，于是都用"张小泉剪刀"这块招牌。

张小泉的徒弟们知道了，就说："儿子好用阿爸的招牌，难道徒弟用不得！"于是他们也都挂起"张小泉剪刀"的招牌来。儿子传儿子，徒弟传徒弟，于是，杭州的"张小泉剪刀"店就非常之多。

因为过去张小泉开打铁铺时，曾经把用乌蛇打的大剪刀作为货样挂着，所以直到现在，杭州有的剪刀店还保留着挂大剪刀作为货样这个习惯哩。